Masatomo Tamaru

田丸雅智

マタタビ町は猫びより

Matatabi chou wa Nekobiyori

辰巳出版

マタタビ町は猫びより

Matatabi chou wa Nekobiyori

Masatomo Tamaru

目次

contents

カバー、本文イラスト／ミューズワーク（ねこまき）
装幀／仲亀　徹（ビー・ツー・ベアーズ）
本文ＤＴＰ／ＳＡＳＳＹ-Ｆａｍ
編集協力／関根　亨
企画・編集担当／湯浅勝也

1 Neko Police

Episode-1

猫ポリス

Matatabi chou wa Nekobiyori

1 Neko Police

ここマタタビ町には猫ポリスというのがいる。

猫ポリス。それは、町の治安を守っている猫たちのことだ。彼らは日々、町で何か異変が起こっていないかパトロールをして回っているのだ。

その特徴は、帽子をかぶるように頭の上に小さな回転灯をつけていることにある。

初めて彼らを見かけたのは、引っ越してきて少しした、ある日のことだった。

「昨日、外から騒がしい声が聞こえてきて……」

おれは同じ町に住む知人に言った。

「なんだろうと思って、ベランダから顔を覗《のぞ》かせたんですよ。そしたら、赤くチラつく灯りが見えて。一瞬、パトカーかなと思ったんですけど、それにしては灯りが小さいんです。何だったんでしょうね……」

すると、彼は口を開いた。

「ああ、それは猫ポリスですよ」

「猫ポリス？」

「きっと、猫同士のケンカでも取り締まっていたんでしょう」

そう言われ、おれは前日の夜のことを思い返す。言われてみれば、聞こえてきていたのは猫の騒ぎ声のようだった。

が、猫ポリスとは何だろう。

尋ねると、彼はこう口にした。

「この町の治安を守ってくれている存在ですよ」

以来、おれは町なかで、普通の猫に混じってパトロールしている猫ポリスを目にするようになった。

その猫が猫ポリスかどうかは、一目で見分けることができた。頭の上にパトカーのような小さな回転灯を載せているからだ。普段の見回りではその光はともっておらず、無灯のままなのだけれど、ひとたび事件が起こると回転灯は赤く点滅しはじめる。そして、こんな音が聞こえてくる。

ニャアアアアア……。

まるでサイレンのような抑揚で声

を出し、猫ポリスは現場へ急行するのである。

縄張り争いの仲裁。植木鉢などの器物損壊。エサの窃盗。

町の至るところで猫ポリスたちは目を光らせ、治安維持に努めているのだ。

取り締まる相手は、何も同族の猫だけではない。彼らは、人間の取り締まりも行うのである。

かくいうおれも、猫ポリスにやられたことがあった。

ある店の前に自転車を止めて、商店街で買い物をしようとしたときのことだ。突然、例の声が聞こえてきたのだ。

ニャアアアア、ニャアアアアア……。

最初は何の音かと思った。

驚いて周囲を見回すと、赤い灯りが目に入った。

ニャアアアア、ニャアアアアア……。

回転灯を頭に載せた一匹の猫が近づいてくるところだった。

猫ポリスだ……！

何があったのだろうと思っていると、猫はこちらにやってきた。そして、おれの足元まで来ると鳴くのを止め、こちらを見上げて鋭い目で睨《にら》みつけてきた。

何だろうと固まっていると、猫が鳴いた。

「ニャアッ！」

ビクッとのけぞったおれに対して、猫は威嚇《いかく》の姿勢をとる。そしてそのまま、おれの自転車に身体を強く擦《こす》りつけはじめた。

後輪、ペダル、前輪と、猫は何度も往復した。何かを伝えようとしているようだが、意図を汲《く》むことはできなかった。

そのときだ。

猫はひときわ大きな声を発したかと思うと、自転車のタイヤに飛びついた。その刹那、シューッという音がしはじめた。猫が噛《か》みつき、タイヤがパンクしたのである。

「おいっ！　やめろっ！」

叫ぶも虚《むな》しく、猫はもうひとつのタイヤ目掛けて飛びかかった。程なくしてシューッという音がして、見る間にタイヤは萎《しお》れていった。

瞬時のうちに前輪と後輪を失ったおれは、その場に立ち尽くした。

なんてことを……。

しかし猫は悪びれもせず、こちらを一瞥《いちべつ》しただけで去っていったのだった。

おれはさっそく、知人にグチをこぼした。

すると彼はこう言った。

「そりゃ、あなたが悪いですよ」

てっきり不運を慰《なぐさ》めてもらえるものとばかり思っていたおれは、不意を突かれた。

「ぼくが悪い？　どういうことです？」

思わず聞き返すと、彼は言った。

「だって、用もない店の前に勝手に自転車を止めたんでしょう？」

「ええ、まあ……」

「不法駐輪じゃないですか」

「ふ、不法⁉」

「そうですよ。違いますか？」

「いや、まあ……」

そう言われれば、たしかにその通りである。

「猫ポリスはこの町の治安を守る存在です。それを乱す者は、人間であろうが何であろうが許さない方針なんですよ。あなたはルールを破ってしまった。自転車の修理代は罰金だとでも思ってあきらめることです」

それからのおれは、猫ポリスの影を密かに恐れるようになった。町で猫を目にすると、ついその頭に目をやってしまうのだ。そしてトレードマークの回転灯が載っていないことが分かると、ほっと安心するような具合だった。

猫ポリスたちが活躍する場面も何度か目にした。

前を歩いている人間が、タバコのポイ捨てをしたとき。因縁をつけられるのを恐れて見て見ぬふりをしたおれに対し、猫ポリスは黙っていなかった。例の声で鳴いて現れ、回転灯を点滅させながらポイ捨て野郎に噛みついたのだった。

あるときは、カップルの痴話喧嘩《ちわげんか》を収めていた。路上で言い争う二人に近づいていき、彼らの足に身体をこすりつけだしたのだ。ケンカは急速に下火になって、二人は仲直りするどころか、微笑みながら一緒に猫を撫《な》ではじめたりしていたのだった。

泥酔して路上にうずくまる人に、そっと寄り添っている姿を目にしたこともあった。誰かが落とした財布をくわえて、運んでいるのを見たこともあった。

自分も少しは猫ポリスたちを見習わないといけないなぁ……。

そう思わされもした。

そんなある日のことだった。

道を歩いていると、おれは妙な男と出くわした。男は不必要にきょろきょろし、明らかに挙動が不審だった。

これはよからぬ予感がする……。

そのときだ。猫の影が視界に入り、おれはほっと胸を撫でおろした。猫ポリスが来てくれたと思ったからだ。

ところが、よく見ると猫の頭には回転灯は載っておらず、残念ながら猫ポリスではないことがすぐに分かった。

おれは肩を落としつつも、使命感に駆られはじめた。いつも猫ポリスに頼り切りになるのではなく、たまには自分が世の役に立つべきではないだろうか。

おれは物陰に隠れて男の動きを観察した。しばらくすると、そいつは一軒の家の前で立ち止まり、一瞬のうちに塀《へい》を飛び越え中に入った。

空き巣だ！

そう思った次の瞬間のことだった。

突然、聞き慣れた音が耳に入ってきた。

ニャアアアア……。

驚いて目をやると、先ほどの猫が塀の上に乗っていた。その頭にはいつの間にか回転灯が載っていて、赤い光がともっている。

こいつ、覆面の猫ポリスだったのか！

そう悟ったのと、男の悲鳴が聞こえたのは同時だった。慌てて塀の中を覗くと、猫に引っ掻かれた顔を抑え、男がのたうっているところだった。

こうしてまた町の治安は守られたわけなのだが、このとき以来、おれの日常にはある変化があった。町で猫を見かけるたびに、緊張で背筋がピンと伸びるようになったのだ。

いまのおれは、猫という猫が覆面に見えて仕方がない。

2
Oshare na Tsume

Episode-2

オシャレな爪

Matatabi chou wa Nekobiyori

2
Oshare na Tsume

お隣さんの玄関には近ごろキャットドアが取り付けられて、通りすがると飼い猫のモモちゃんと時おり出くわすようになった。それまでは裏の窓から出入りしていて、顔を合わすことはあまりなかったのだ。

「モモちゃん、今日もかわいいねぇ」

声を掛けると、モモちゃんは「ミャッ!」と返事をする。その様子はまるでこちらの言葉を理解しているかのようで、私はつい頬《ほお》が緩《ゆる》んでしまう。

「モモちゃん、今日はどこ行くの?」

「ミャッ!」

「お散歩かな?」

「ミャッ!」

会話のようで会話でないやり取りを交わしつつ、モモちゃんはお尻をふりふり塀《へい》を伝って歩いていく——。

そんなある日のことだった。マタタビ商店街に、なんでもネイルサロンができたらしいという話を耳にした。

どちらかというと下町情緒の漂う町に、どうしてまたそんなオシャレなお店ができたのか……。

そう考えながらも、私はちょうどネイルをしようと思っていたこともあり、足を運んでみることにしたのだった。

そのお店は、商店街の外れにあった。

扉を開けると、白を基調とした清潔感のある空間が広がっていた。きれいな店員さんが迎えてくれて、私は自分の名前を相手に伝えた。

「お待ちしていました。どうぞこちらへ」

店内には横長のテーブルが置かれていて、そのうちのひとつの椅子に腰かける。

「本日は、どのようなデザインをご希望ですか？」

「結婚式に出るんですけど、ピンクっぽい服を着ていく予定で。なので、ネイルも清楚系のピンクがいいかなと思って来たんですが……」

店員さんは、色見本のチップを取りだした。

「それですと、このあたりのお色はいかがでしょう」

桜色からショッキングピンクまでが並ぶ中、店員さんはサーモンピンクと書かれたところを指差した。まさしくイメージ通りの色合いで、お願いしますと私は伝える。

爪のケアをしてもらい、一本一本、ネイルをしてもらいはじめたときだった。いらっしゃいませ、と声がして、こちらへどうぞ、と聞こえてきた。椅子の音で、新しいお客さんが隣の席に通されたらしいことを理解する。

なんとなく、横目でチラッとそちらを見た。

そのときだ。

私は目を疑った。同時に、えっ、と声が出ていた。

椅子に座っていたのは他でもない――あの隣の家のモモちゃんだったのだ。

「えっ、なんでなんで⁉」

モモちゃんは、まるで人間のように椅子に行儀よく腰掛けていた。そして狼狽《ろうばい》する私に向かって、挨拶代わりに「ミャッ！」と鳴いた。

「お知り合いなんですか？」

平然と言う店員さんに、私は尋ねた。

「なんでモモちゃんがこんなところに⁉」

「彼女は、うちの常連さんなんですよ」

「常連⁉」

「ええ、お店ができてから、よくご利用いただいておりまして」

まったく理解が追いつかず、言葉に詰まった。そうこうしている間にも、モモちゃんの前には色見本が差しだされる。モモちゃんはすっと手を動かして、色を選ぶような仕草を見せる。かしこまりました、と担当の店員さんが口にする。

モモちゃんは両手をテーブルの上にポンと置いた。その爪を、店員さんがチェックする。

私は猫を飼ったことがないけれど、猫が爪切りを嫌がるという話くらいは聞いたことがある。けれど、モモちゃんにそんな素振《そぶ》りはまったくなく、じっと大人しく座っていた。

私はようやく口を開いた。

「えっと……モモちゃんも、ネイルをしに来たってことですか？」

そうですよ、と店員さんは笑顔で頷《うなず》く。

「猫がネイルなんてするんですか……？」

またも頷きながら、店員さんはこう言った。

「そのご様子ですと、お客様はご存知ではないようですね。最近の猫ちゃんは、オシャレにもしっかり気をつかうんですよ」

「どういうことですか……？」

私のネイルを再開しながら、店員さんは口にする。

「特に外を出歩く機会の多い猫ちゃんは、ネイルをしていることが多いですね。うちにもよくお客さんがいらっしゃいますよ」

そして店員さんは、こんなことをつづけて語った。

最近の猫は自分で狩りをしなくとも人間からエサをもらえるので、労せずして食事にありつける。飼い猫ならば、なおさらだ。それもあって、爪を使う機会は減っている。ゆえに、その機能を持て余し気味になっている。

「人だって、日常的に爪を使う方はネイルをするのが難しいですよね」

一方で、あまり爪を使わない人はネイルを楽しむようになりやすい——。

同じ理屈で、近ごろの猫はネイルをするようになっているのだという。

私は尋ねる。

「でも」

「たしか、猫ちゃんの爪って普段は手の中に隠れてますよね？　それなのに、わざわざネイルをするんですか……？」

「隠れているからいいんです。オシャレは見えないところから、と言いますでしょう?」

なるほど、と私は納得させられた。

再びモモちゃんのほうを見る。モモちゃんは、爪のケアが終わってネイルをしてもらいはじめたようだった。空いたほうの手はUVライトに差し入れて、塗りたてのネイルをブルーの光で乾かしている。

私はすっかり感心していた。オシャレに気をつかっているという話にも、自分も見習うところがありそうだなぁと思わされた。

猫の爪は人間よりも小さいからだろう。私のネイルが終わるより早く、モモちゃんのネイルが完成した。

「お似合いですよ」

店員さんに褒《ほ》められてご機嫌そうなモモちゃんの手を、私は隣から覗《のぞ》きこんだ。モモちゃんはこちらに気がつき、爪を出して見せてくれた。それらはすべて、この秋トレンドのボルドーカラーに染まっていた。

「かわいい……!」

「ミャッ!」

私は、ネイルを終えて帰っていくモモちゃんの後ろ姿を見送った。

しばらくすると、自分のネイルも完成した。友達の結婚式から帰ってきたら、今度はボルドーカラーに染めてみようかと思ったりした。

それからというもの、私は町で猫を見かけると、つい指先に注目するようになってしまった。

どの猫の爪もほとんど隠れて見えなかった。けれど、近づいてよく観察するとチラッと爪が見えることがあり、少なくない数の猫の爪にネイルが施《ほどこ》されていることが分かった。

ある猫の爪は、ラインストーンで輝いていた。ある猫のそれは、ラメでキラキラ煌《きら》めいていた。もっと派手な猫になると、花やリボンを爪につけている子もいたりした。そういう猫は爪を隠さず、むしろ見せびらかすように町なかを歩いていた。

モモちゃんとも、相変わらず道でよくすれ違った。爪を見せてもらうたびその色は変わっていて、抜かりないなぁと唸《うな》らされた。

うかうかしてると、オシャレで置いてかれかねないなぁ……。

そんなある朝のこと。お隣さんの玄関前を通りがかると、ちょうどモモちゃんがキャットドアをくぐって姿を現すところだった。

が、私は思わず二度見した。そして、その顔に釘付けになってしまった。

私は、猫の世界のオシャレはさらに進んだらしいことを理解する。

しばらく会わないうちに、モモちゃんの目元が以前とは見違えるようになっていたのだ。

「ミャッ！」

モモちゃんは一声鳴いて、お尻をふりふり町へと繰りだしていった。

長い付け睫毛《まつげ》をつけ、おめめパッチリになったキュートな姿で。

3 Neko no Kyokuin

Episode-3

猫の局員

Matatabi chou wa Nekobiyori

3 Neko no Kyokuin

お世話になった人にハガキを送ろうと思いペンをとった。

ハガキを送るなんて下手をしたら小学生のとき以来で、おれはその書き方からネットで調べなければならなかった。

と、緊張しながら何とか字を書き終えたとき、切手を買い忘れていたことに気がついた。

コンビニで切手を買ってポストに投函してもよかった――のだけれど、久ぶりの平日休みだということもあり、おれは散歩がてら、町の郵便局まで歩いてハガキを出しに行くことにした。これまで一度も郵便局を訪ねたことがなかったということも理由にあった。

家から数分ほど歩いたところで、マタタビ商店街へと入っていく。

平日だというのに商店街は賑《にぎ》わいを見せていて、多くの人、それから猫たちがアーケードの中を歩いている。

その光景をゆっくり眺めつつ進んでいくと、やがて赤いポストが見えてきた。

居並ぶ店の列に溶けこんでいる小さな建物――マタタビ郵便局の目印だ。

自動扉を通り抜けると、空間が開ける。

二つある郵便の窓口には誰も並んではおらず、おれは片方に進んでいった。

「いらっしゃいませ」

制服姿の局員の女性が迎えてくれる。

「郵便ですか？」

おれは頷《うなず》き、ハガキを差しだす。

「お願いします」

「はい、少々お待ちくださいね」

そう言って女性が切手を貼ってくれた、そのときだった。

おれは、あることに気がついた。

窓口の中の机の上に、一匹の猫が丸くなって眠っていたのだ。おまけに猫は、なぜだか郵便局員の制服のようなものを身に着けていた。

お客さんが他にいなかったこともあり、おれは雑談がてら、あまり深く考えずに女性に聞いた。

「あの猫、かわいいですね。コスプレ猫ですか？」

すると女性は後ろを振り向き、「ああ」と言った。

「元村《もとむら》さんのことですね」

「元村さん？」

「ええ、あれはコスプレなどではないんです。彼はここの古くからの局員で、自分が望んで制服を着ているんですよ」

「ええっ？」

おれは耳を疑った。

「ってことは……ここで働いてるってことですか？」

「そうですね。いまはああして休憩しておりますが」

「でも、働くっていったって、いったい何を……」

猫に郵便局の仕事など務まるのか。

素朴な疑問をぶつけると、女性は答えた。

「できますとも。むしろ、若い頃から元村さんは仕事がバリバリできる猫だったと聞いています」

これは上司が言っていたのですけれど、と、女性はつづける。

「新人のとき、お客様に口座開設のお願いをして回る仕事をしていた頃から、元村さんの活躍はすごかったみたいです。月の最高契約数は、いまもこのエリアで抜かれていない記録になっているくらいですからね」

「記録⁉」

声をあげると、女性は言った。

「びっくりしますよね。どうやったら、そうなるのかって。

当時も同じ思いを抱いた同僚がいたようで、あるとき元村さんのあとをつけて様子を観察してみたらしいんです。

すると、元村さんが訪ねていたのはお客様のお宅の玄関ではなく、お庭だったそうです。その時点で、もう普通の勧誘とは違っていますよね。それに加えて、元村さんはどうも猫好きのご家庭を重点的に訪ねていっていたらしくって。事前に見回りなどをして、よく調べておいて。

上手いのは、それだけではありません。彼の場合、初めは契約のことなど脇に置いて、ただエサをもらったり撫《な》でてもらったりすることに終始していたというんです。そうしてお客様が心を許してくださった段階で、ようやく契約にかかわる書類を出す。そんな具合なので、成約率も自然と上がっていたというわけなんです。

もちろん、同僚の中には嫉妬《しっと》してズルいと文句を言った人もいたみたいですが、独自の方法でアプローチしたり、親しくなって仕事につなげたりするなんて、営業の基本のようなものでしょう？　なので、そういう声も周りの冷たい視線で次第に収まっていったみたいですね」

おれはすっかり話に聞き入ってしまっていた。

彼女はこうも語ってくれた。

元村さんは、その後もずいぶん仕事で活躍したという。あるときは、袋を背負って郵便物を届けにいったり。あるときは、ポストの集荷に出かけていったり。一度に扱える分量はどうしても人間よりは少なかったが、持ち前の俊敏《しゅんびん》さで、補って余りある仕事ぶりを見せつけた。

そんな元村さんにも昔はヤンチャな面があったのだと、女性は楽しそうに笑って言った。

「ほら、仕事ができる男でしょう？　だから、すごくモテて」

就業後や休みの日など、よくメス猫と戯《たわむ》れる姿が同僚に目撃されていたらしい。

「プレイボーイってやつですね。一時期は、夕方になると仕事終わりの元村さんを待つために、たくさんの猫たちが出待ちをしていて大変だったみたいです」

「まるでアイドルみたいですねぇ……完璧じゃないですか」

おれは思わず呟《つぶや》いた。目の前の猫に、そんな武勇伝があろうとは……。

けれど、女性は首を振った。

「いえ、それが完璧すぎはしないところが、また魅力で」

女性は微笑む。

「元村さんには、少し抜けたところもあるんですよ。飛んできた虫に夢中になって花瓶を倒してしまったり、ひらひらする紙に興奮して書類の山を崩したり。そういうところは猫らしくて、みんなに愛されるわけですね」

女性の言葉に、なるほどなぁと唸《うな》らされた。

そりゃあ人気になるはずだ……。

と、おれはひとつ気になって尋ねてみた。

「そういえば、元村さんの今のお仕事は何なんですか？」

「消印を押す仕事です」

「消印？」

ええ、と女性は頷く。

「じつは元村さんは数年前に定年を迎えて、いちど退職なさっているんです。いまは嘱託《しょくたく》で通っていらっしゃって、消印を押す業務が担当で。ただ、元村さんのことですから、押すのはただの印ではありません。彼にしか押せない、ひと工夫ある印を押してくれますよ」

おれはもしやと思って聞いてみた。

「ということは、このハガキにも元村さんの消印が押されるんですか？」

「まさしくです。よろしければ、せっかくなので見ていかれますか？」

頷くと、女性は後ろに向かって声を掛けた。

「元村さん？　消印、お願いできますか？」

すると、眠っていた元村さんの目が薄っすら開いた。と、その目でこちらの姿を認めると起き上がり、身体を伸ばして「ニャア」と鳴いた。

「いいそうです」

元村さんは机からぴょんと飛び降りて、トコトコこちらにやってきた。そして、ひょいと窓口のところに乗っかると、手元で何やらごそごそやった。

その直後、女性がおれのハガキを元村さんの前に置いた。元村さんは、そばにあった朱肉に右手をぎゅっと押しつける。

次の瞬間、ハガキに右手がポンと置かれ、離したときには切手のところに肉球の形がついていた。

「これがここの消印です」

「へぇぇ……」

よく見ると、肉球の形の印の隙間——指と掌《てのひら》の間には「マタタビ郵便局」という文字や、日付や時間帯も記されていた。

文字なんてどうやって押したのだろうと思っていると、元村さんが「ニャッ」と鳴いて、右手を裏返して見せてくれた。手にはゴムバンドがついていて、そこには左右が逆になった文字が刻まれていた。

なるほど、さっきは手元でこれをつけていたのかと、おれは悟る。

「元村さんの消印は、幸運を招く招き猫のものだといって、若い人たちの間でもすごく人気なんですよ」

女性は言った。

「この消印つきのハガキをもらったどなたかが、ラッキーなことがあったとSNSでアップして、それが口コミで広がったようで。いまでは結婚式の招待状や懸賞応募のハガキを

出しに来るような方もたくさんいらっしゃいます。中には消印だけ押してほしいと、わざわざ封筒に切手つきのハガキを入れて郵送される方もいるほどなんです」

「ははあ……」

まったく、おもしろい猫がいたものだなぁと感心した。同時に、休憩中に快く消印を押してくれた元村さんに、感謝の念も湧き起こる。

「元村さん、素敵な消印をありがとうございましたっ」

おれが言うと、元村さんは満足そうな顔をして「ニャニャッ」と鳴いた。そしてくるりと向きを変えると、また後ろの机に戻っていって丸くなった。

自分の出すこのハガキも、幸せを運ぶものになったらいいなぁ……。

そんなことを考えながら、おれは女性にもお礼を言って郵便局を後にした。

後日、郵便局の近くをたまたま歩いていたおれは、あるものを発見して立ち止まった。

それは工事現場の横を通りがかったときのこと。

ふとやった視線の先、コンクリートの地面の上に、猫の足跡がついているのを見つけたのだった。

あちゃあ、と、おれは思う。固まっていないうちに猫が通っていったんだな……。

その矢先、おれは足跡に妙な違和感を覚えて、目を凝らしてじっと見つめた。と、その違和感の正体が判明し、あっ、と思うと同時に思わず微笑む。

頭の中に、郵便局の女性の言葉がよみがえる。

——元村さんには、少し抜けたところもあるんですよ。

足跡の犯人は、元村さんに違いなかった。

きっと、ゴムバンドをしたまま外出してしまったのだろう。

コンクリートには、「マタタビ郵便局」という文字の入ったあの消印が、点々と残されていた。

4 Kaburu

Episode-4

被る

Matatabi chou wa Nekobiyori

4 Kaburu

合コンの会場に向かうために、女子全員で集合したとき。久しぶりに再会した友達のひとりの姿を見て、私は思わず噴《ふ》き出した。

「ちょっとユミ、どうしちゃったの？」

それというのが、彼女の見た目がまったく変わっていたのだった。

ユミは、自他ともに認める派手好き女子だ。合コンであろうと何であろうと、キラキラした服に身を包み、濃いめのメイクをしてくるのが、いつものユミであるはずだった。

それが、今日のユミときたら清楚系のワンピースなんかを着て、メイクもナチュラル。髪型だって巻き髪ではなくストレートで、あまりのギャップに私はつい笑ってしまったのだった。

私以外のメンバーも同じ思いになったようで、口々にこんなことを言い合った。

「何があったの？」

「キャラ変でもした？」

「もしかして、男の趣味とか？」

冷やかし交じりのその声に、ユミは答える。

「えっと……いろいろあって……」

そのユミの反応も妙だった。

よく言えば快活、悪く言えばガサツなユミからこんな控えめな反応が返ってくるのも初めてで、私はだんだんユミのことが心配になってきた。

「ホントにどうした？　もしかして、どっか悪いの……？」

「ううん……」

ユミは小さく首を振る。

「大丈夫だよ……」

か細い声は、まるで繊細で上品な、いいところのお嬢様のようでもあった。

「そっか、それならいいんだけどさ……」

なんだか調子を崩されて、私は言った。

「じゃあ、まあ、行こっか……」

みんな頷《うなず》き、私たちは会場のレストランへと歩いて向かった。

その合コンでのユミの様子も、ずっと同じ感じのままだった。

「ユミちゃんって、休みの日は何してるの？」

男子が聞くと、ユミは答える。

「えっと……読書したり、映画を見たり……」

「見た目通り、インドア派なんだね」

そのやり取りを隣で聞いていた私は、心の中で猛烈に突っこんでいた。

いやいやいや！　あんたの趣味はブランド品店のウィンドウショッピングのはずでしょ⁉

けれど私は場が場なので、さすがに何も言えないでいる。

「ユミちゃんって、学生時代は何やってたの？」

「茶道をちょっと……」

「えっ、じゃあ、お茶とかたてられるの？」

「嗜《たしな》む程度ですけれど……」

よくもまあ、そんなウソをぬけぬけと！

ユミが所属していたのは茶道ではなくテニスをするサークルだ。それも、競技を楽しむ正統派のものではなく、みんなで飲んだり遊んだりして騒ぐのが主流のサークルだった。

そのうちボロが出るんじゃないかと、私は逆に、内心ひやひやしはじめる。

しかし、男子たちはまったく気づかず、ユミの話を鵜呑《うの》みにしていた。それどころか、今日一番の爽《さわ》やかで物静かな好青年などすっかりユミを気に入ったようで、途中からは二人で話しこむような具合だった。

「ユミさんって、とっても素敵な人ですね」

彼とユミの会話が聞こえてくる。

「いえ、そんな……」

「控えめで、奥ゆかしくて」

「全然です……」

うげぇという声が喉《のど》元まで出かかって、なんとか我慢して言葉を飲みこむ。

一方で、私はこうも考える。

演技にしては出来過ぎだ。いったい何が起こってるんだ……？

私の頭はユミの変貌ぶりでいっぱいで、自分の会話は上の空になってしまった。

会が終わって解散になると、私はユミに近づいた。

「ちょっとユミ、話を聞かせてもらうから」

有無を言わさず、半ば強引に腕を引っ張る。

「あんたの家、こっからそんなに遠くないよね？　行っていいでしょ？」

「うん……」

「いつまで気持ち悪い感じになってんの」

背中をバシッと叩いてやって、私はユミの家へとタクシーで向かった。

一人暮らしの部屋に入ると、私はベッドに勝手に座って口を開いた。

「さ、何があったのか話してよ」

「えっと……」

「もう！　モゴモゴ言ってないでさ！」

すると、ユミがとつぜん妙なことをしはじめたから不審に思った。頭の上に両手をやって、何かをつかむような仕草を見せたのだ。

いったい何をやりだしたんだ……？

そう思った直後のことだった。

私は目を疑った。あるものが、ユミの手元に急に現れていたからだ。

「はぁっ⁉　猫っ⁉」

いつの間にか、ユミは猫を抱きかかえていたのだった。

「えっ、えっ、いつから？　どういうこと？」

まったく意味が分からずに、私はパニックに陥った。

と、ユミが口調をガラリと変えてこう言った。

「はー、やっとかいほー」

あまりの変わりように、私は目を白黒させる。

「やー、おしとやかってやつも、疲れんねー」

そこに至って、ようやく頭が回りはじめる。ユミはたしかに口調が変わった。が、この感じこそ、私のよく知るいつものユミの調子だった。

呆然とする私の前で、ユミは腕の中の猫を部屋に放した。すると猫は隅にあったキャットタワーを上っていって、部屋全体を見下ろせる位置に居座った。

「ごめー、びっくりさせちゃったよねー」

　黙っている私に向かって、ユミは言う。

「ふふ、種明かしをしたげるよー。見ての通り、私、ずっとダイヤちゃんを被《かぶ》ってたんだー」

「ダイヤ……?」

「あ、その子のこと」

　ユミはキャットタワーの上を指差した。

「さいきん飼いはじめてさー。被り猫っていう種類のやつでぇー。ほら、猫を被るっていうっしょ？　この子、ホントに被ることのできる猫でさー」

「ぜんぜん意味が分かんないんだけど……」

「あはは、いま説明するってー」

ユミはへらへら笑いながら、こんなことを語ってくれた。

そろそろ本気で彼氏が欲しい。そう思っていたある日のこと。友達に恋人ができたと耳にして、話を聞きに行ったのだという。

「その子、ぜったい彼氏なんてできなさそうだったから、びっくりしちゃってさー。性格に難アリだしぃ」

いや、あんたが言うなよと思いながらも、私はユミの話を促す。

「したら、被り猫のことを教えてくれたわけなのよ」

ユミは言った。被り猫は不思議な猫で、被った人にある変化をもたらすのだと。被っている間だけ、当人を物静かで控えめな性格に変えてしまうというのだった。おまけに猫は頭に載せると動かなくなり、景色に溶けて周りからは見えなくなる。

「なんほれ、めっさええやんって。猫はもとから好きやってんけど、それは知らへんかったわぁって。やから、うちも欲しぃーって言うたんよ。ほいで教えてもろたんが、マタタビ町のブリーダーさんやっちゅうわけやねん」

「変な話し方は一回やめよか」

「まー、そういうわけで、私はダイヤちゃんを飼いはじめてぇー。その初陣《ういじん》が今日だったわけよー。どう？　うまくいってたっしょ？　いい感じだったっしょ？」

私はどうコメントをすればいいのか分からなかったが、かろうじてこう口にした。

「じゃあ、今日のはやっぱり、ぜんぶ演技だったってこと？」

「人聞き悪いんですけどー」

ユミはひとり、ぶぅたれる。

「素の私の一部ですよー」

「はあ？」

「ウソウソウソ、怒んないでって。そういうとこがモテないんだよー」

「うっさい！」

そのとき、あっ、とユミが言った。

「そうだ」

「なに」

「YOUもさー、被り猫、飼ったらいいじゃん」

ユミはつづける。

「今日の私、しっかり見たっしょ？　手軽にあんなふうになれるよー？　オススメすんよー？」

「不純な気持ちで生き物を飼うのは反対だな」

「不純じゃないよぉ」

ユミは不服そうな顔をする。そして、立ち上がってキャットタワーに手を伸ばし、猫を優しく抱きかかえる。

「ちゃんとかわいがってるしぃ。家にいるときは普通の猫とおんなじだから。ね、ダイヤちゃん。よぉしよしよしよし」

「でもさ、それで彼氏ができたとしてだよ？　そのうちボロが出るんじゃない？」

そう言うと、ユミは猫を頭の上にさっと載せた。

猫はすぐに景色に溶けて、その姿は見えなくなる。

ユミは伏し目がちに小さく答える。

「ボロって、なんのことですか……？」

「脱げ、猫を脱げ」

猫はすぐに降ろされて、部屋の隅へと駆けていく。

「ってかさー、そんなさー、未来のことなんて分かんなくなーい？　大事なのは、今この瞬間、刹那っしょ。ラブ。ラブアンドピース」

「ふーん」

私は思う。

こんな手段で得た縁なんて、長続きするわけがない。いくら彼氏が欲しくたって、これじゃあかえって遠回りだ。

まあ、でも、と思い直す。

人のことなんてどうでもいいか……。

「ユミがそこまで言うんなら、好きにすればいいんじゃない？」

「最初から好きにしてんじゃーん。ねー、ダイヤちゃーん」

寝そべる猫を、ユミは撫《な》でる。

それを冷めた目で眺めたあと、私は終電で家に帰った。

それからしばらく経った、ある日のこと。

私は町で偶然ユミと出くわして、二人でお茶をしようとなった。

席につくなり、ユミは言った。

「ってか、ほーこく、ほーこく」

「いきなりなに？」

「私、彼氏できましたぁー」

「えっ！　そうなの⁉　誰？　どんな人？　いつどこで？」

「見て見て、これ見て」

差しだされたスマホの画面を目にした途端、私はあっと声をあげた。

「あれ？　これって……」

「そー、こないだのー」

その写真には、ベタベタしているカップルが写っていた。ひとりはユミで、もうひとりは
――あの合コンのときの好青年だった。

「えっ、この人と付き合ってんの⁉」

「そー。あのあと、連絡もらってさー。やり取りしてたら、いい感じになってぇ」

なんだか負けたような悔しい気持ちが湧き起こる。

が、それ以上に気になったのは、写真に写るユミのその姿だった。

「ねぇ、ユミ？」

「んー？」

「あんたこれさ、素で写っちゃってるじゃん」

「私はいつでも素ですよぉー」

「そうじゃなくて」

首を傾げつつ、指摘する。

「これって、いつものあんたでしょ？」

写真のユミは、合コンのときのような清楚系ではまったくなかった。普段通りの派手なユミのままで写真に写っていたのだった。

「肝心の猫はどうしたの？」

「ダイヤちゃん？　元気にしてるよぉ」

「だから、そうじゃなくて。あんたこれ、猫被ってなくない？　ってことは、演技モードじゃないってことでしょ？　なんで彼氏とうまくやってんの？　おかしいじゃん」

「あー、そっち」

ユミは、なんでもなさそうに言う。

「猫被らなくてもよくなったからさー。彼氏もガサツでおしゃべりだから、すっごい気が合っちゃってー」

「ガサツ？　おしゃべり？　あの爽やかで物静かな好青年が？」

合コンでのイメージとあまりに違い、私は困惑してしまう。

「そう思ったっしょ？　それがさー、付き合ってみたらぜんぜん違ってぇ。まー、私はべつにオールオッケーなんだけど」

「でも、合コンのときはあんなに……」

なおも呟《つぶや》く私に向かって、ユミはへらへら笑って口にする。

「あれにはね、ちゃんと理由があったんだー。ほんとウケて。こんな偶然、あるんだねー」

「どういうこと？」

尋ねる私に、ユミは言う。

「じつは向こうも、うちとおんなじ猫を飼っててさー。あの日は彼も、その被り猫を被ってきてたってゆーわけで」

あら
奇遇ですにゃーー
Love
&
Peace

5 Taisho no Udon

Episode-5

大将のうどん

Matatabi chou wa Nekobiyori

5 Taisho no Udon

麺《めん》好きの友人から、うまいうどんを食べに行かないかと誘われた。なんでも、マタタビ町という町に評判のうどん屋があるという。

「すごい人気だからさ、けっこう並ぶと思うんだけど、いい？」

こうしておれはその翌日、友人と一緒にマタタビ町へと出かけていった。

電車を乗り継ぎ町に着くと、あることに気がついた。

猫がたくさんいるのである。

猫好きのおれは駆け寄りたい衝動に駆られつつも、友人のあとについて歩いた。

目的の店には「うどん」という暖簾《のれん》が掛かっていた。そして開店前にもかかわらず、店先には大行列ができていた。

「すごい人だなぁ……」

呟《つぶや》くと、友人が言った。

「ちょっと前までは知る人ぞ知る店だったんだけど、麺好きの間で有名なブログで紹介されてさ」

そのブログなら、おれもななめ読みしてきていた。友人から店のことを聞いたあと、ネットで調べて出てきたのだ。

記事では、うどんの味が絶賛されていた。それと同時に、こんなことも書かれていた。

――大将が、とにかくかわいい！

どこがどうかわいいのか、記事ではそれ以上言及されてはいなかった。写真なども見当たらず、美人店主でもいるのかなぁなどと思いつつ、おれはページを閉じたのだった。

行列は、少しずつ前へと進んでいった。

並ぶ間、おれは道行く猫たちを眺めながらぼんやり過ごした。中にはパトカーの回転灯を頭に載せた妙な猫もいたりして、おかしな町だなぁと思ったりした。

店に入れたのは一時間ほどが経ったころだ。

店員に案内され、おれたちは二人掛けのテーブル席へと通された。メニューを広げるといろんな種類のうどんが写真付きで載っていて、どれにしようか迷ってしまった。

「オススメは？」

尋ねると、友人が言った。

「そうだなぁ……初めてだったら、麺の味が楽しめる釜揚げかザルかな？」

それならば、と、おれは釜揚げうどんを注文し、友人は天ザルうどんを注文した。

うどんが出てくるのを待ちながら、おれは店内をぐるりと眺めた。

カウンター席の向こう側には厨房《ちゅうぼう》が見え、店員たちが麺の湯切りをしたり、器に盛りつけをしたりして慌《あわ》ただしく動いていた。

その中に、店を仕切っている雰囲気の中肉中背のおじさんを見つけた。おれは、この人が大将なのかなぁなどと思いつつ、どう考えても「かわいい」という表現とはかけ離れていて、やっぱり違う人だよなぁと思ったりした。でも、最近は中年のおじさんでも、かわいいと言われる人がいたりするもんだからなぁ……。

そんなことを取りとめもなく考えていたときだった。

急に場がざわつきはじめ、おれはあたりを見回した。

「どうしたのかな……？」

すると、友人が声を弾ませながら口にした。

「いやあ、運がいいよ。ちょうど大将のアレがはじまるみたいだ」

「アレ？」

「まあ、見てなよ」

次の瞬間、客が一斉に立ち上がり、カウンターのほうへと集まりはじめた。どうやら厨房の中を見に行くようで、おれも友人に促され、何が何だか分からないながらも立ちあがってそちらのほうへと近づいた。

と、人だかりの隙間《すきま》から中を覗《のぞ》いていたときだった。調理台に置かれた板の上にひらりと飛び乗るものがあり、おれは思わず声をあげた。

「猫⁉」

そう、四本脚で堂々と板の上に立ったもの——それは紛れもない三毛猫だった。しかも、その頭にはなぜだか紺色のバンダナまで巻かれていた。

「ちょっとちょっと、大丈夫なの⁉」

闖《ちん》入者に戸惑っていると、友人に横から小突かれた。

「おいっ、大将に失礼だぞ！」

耳元で言う友人に、おれは尋ねた。

「大将？　大将って、あのおじさんじゃないの？」

「違うよ。大将はあっち」

友人は猫を指差した。

「で、あっちの人は店員さん」

今度はおじさんを指で差す。

「どういうこと……？」

おれは混乱しつつ、こう言った。

「もしかして……この店の大将は猫ってこと？」

「まさしくね」

「えっ？　それって、猫の駅長さんみたいな……？」

友人は首を横に振る。

「いや、そういうのとは違うから」

そして彼は「しっ」と言った。

「ほら、はじまった」

厨房に視線を戻すと、おじさん店員が猫の乗った板の上に白い塊《かたまり》を置いたところだった。

どうやら、うどんの生地らしい。

そして、店員がその上にビニールを掛けた直後のことだ。

おれは目を疑った。

あろうことか、猫が生地の上に乗り、両手でそれをふみふみしはじめたのである。

「これが大将の生地踏みだよ」

友人は小声でこうつづけた。

この店のうどんは、すべて大将のふみふみを経て作られているのだと。うどん作りでは生地を踏み込む過程があって、その力の入れ具合や回数によって出来上がる麺の質が変わってくる。この店のこだわりの麺は、大将が長年磨き上げてきた、踏み過ぎず、踏まなさ過ぎない、この絶妙な加減のふみふみによって生みだされているのだという。

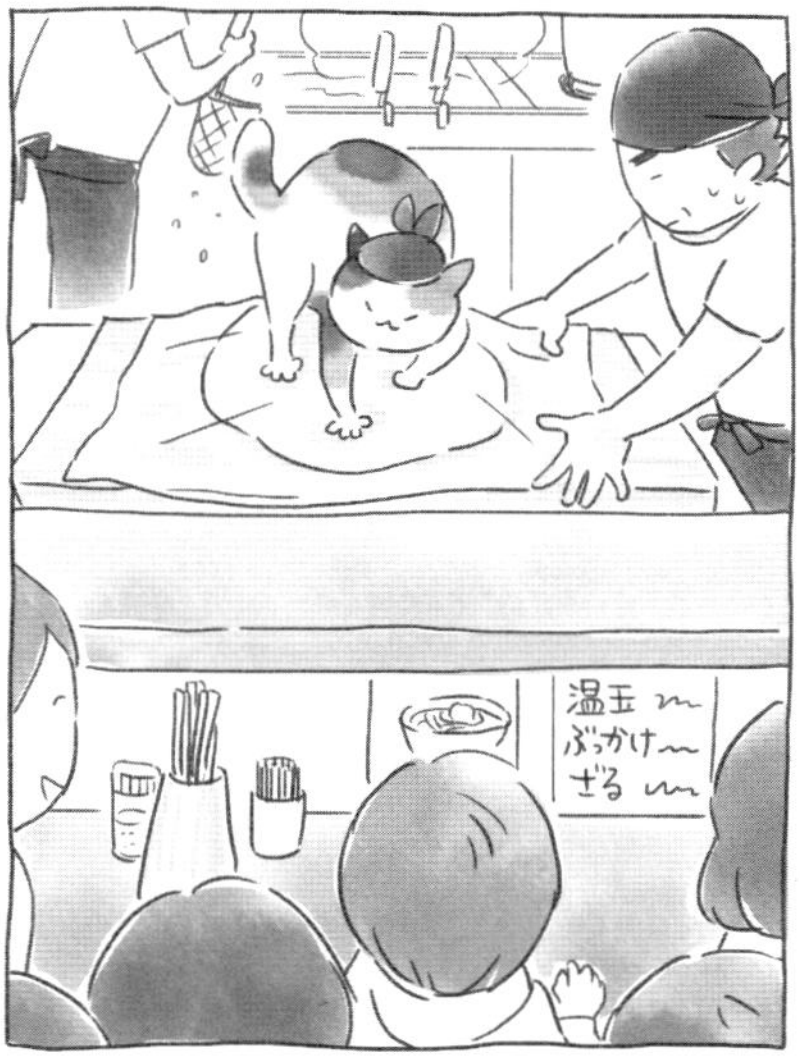

「写真とかは撮らないようにね。集中してる邪魔になるから」

おれは頷《うなず》き、大将がふみふみする様子をそのまま静かに見守った。

やがて、うどん生地が万遍《まんべん》なく伸ばされた。すると隣で控えていた店員が生地を丸め、またふみふみが再開される。

それが何度か繰り返されて、大将は「ニャア」と鳴いて手を止めた。

そして台から降りていき、作業の終

わりが告げられた。

大将は客が拍手を送る中、店の奥へと消えていった。

「いやあ、まさか見られるとは思ってなかったよ」

席に戻ると友人が言った。

「何度も来てるけど、まだ数回しか遭遇してないからなぁ」

おれは尋ねる。

「あの生地って、いまから出てくるうどんになるの？」

「いや、しばらく寝かせないといけないから、おれらが食べるのは大将が先に打ってたやつだよ」

そんなことを話すうちに「お待たせしました」と器が二つ運ばれてきた。

ツヤツヤ光るその麺を、おれは早速つるっと啜《すす》る。

「うまいっ！」

「だろ？」

麺には程よくコシがあり、噛んでいると粉の風味が感じられて絶品だった。それに加えて、うどんの出汁がまたよかった。

「そうなんだよ。何しろ大将が厳選した煮干しをたっぷり使ってるからね」

そのうちふと目をやると、大将が厨房に戻ってきていることに気がついた。高い棚の上から店内をじっと眺めていて、ときどき「ニャアッ！」という声が聞こえてくる。どうやら客の水がなくなっていたり、おしぼりが出ていないのを見つけたりしては、店員に注意をしているらしかった。

普通ならピリピリしそうなシチュエーションだが、まったくそうならないのは大将が猫だからだろう。そのやり取りはむしろ微笑ましくさえ感じられ、店の雰囲気は自然と和《なご》んだ。

やがて器がカラになると、友人が言った。

「出ようか。他に待ってる人もいることだし」

お会計を済ませると、友人は大将に向かって声を掛けた。

「ごちそうさまでしたっ」

おれも同じく、お礼を言った。

「おいしかったです！」

大将は満足そうに「ニャッ！」と鳴いた。

後日、うどんの味が忘れられず、おれは一人で同じ店を訪れた。

ところがだ。昼時にもかかわらず、その日は行列が少しもなかった。

定休日かなと思いつつも中を覗くと、まばらながらも客はいた。が、近づいてきた店員が
「すみません」と申し訳なさそうに口にした。

「今日はうどんはやっていないのですが……よろしいでしょうか」

「やってない？」

「ええ……代わりに、まかないのねこまんまをお出ししています。うちの大将が厳選した鰹《かつお》節を使用していますので、味のほうは保証しますが……」

おれは心配になって尋ねてみた。

「まさか、大将に何かあったんですか？」

「いえ、そういうわけでは……じつは、うどんが切れてしまっていまして。うちの大将は疲れて機嫌が悪くなると、うどんを打ってくれなくなるんです」

あの通り、と、店員は厨房の中を指差した。

視線をやったその先には、のし板の上に寝そべっている大将がいた。

「我々も、何とか早く機嫌を取り戻してもらおうとマッサージしたりしてるんですが、どうにも動いてくれなくて……」

厨房では、あのおじさん店員が大将の身体を優しい手つきで揉んでいた。

両手を交互に繰りだすさまは、まるで彼がふみふみしているようだった。

6 Nekosing

Episode-6

ネコジング

Matatabi chou wa Nekobiyori

6 Nekosing

うちのミィちゃんが家から脱走して一週間。

私は夫に励まされながらも、ずっと気が気でない毎日を送ってきた。ミィちゃんは我が家の大切な家族のひとりで、この一週間、ミィちゃんのことを思うと夜も眠れないほどだった。

日中も、リビングに転がる銀ボールが目に入るたび、私の胸はしめつけられた。

アルミホイルを丸めて作ったその十円玉ほどの銀ボールは、ミィちゃんのお気に入りのおもちゃだった。転がしてあげると、自分で蹴飛ばして追いかけたり、飛びかかったりして遊ぶのだ。

しかし、ミィちゃんはそれをどこかに運んで失くしてしまうことがよくあった。そのたびに私や夫は家の中を探すのだけれど、どこにやったか見つからず、仕方なく新しいものを作って転がしてやるのが常なのだった。

今やその銀ボールは、主を失い部屋の隅にぽつんと転がっていた。

あのとき、窓を開けっぱなしにしなければ――。

私は何度も後悔した。

ミィちゃんに、もしものことがあったらどうしよう――。

私は夫と一緒に迷い猫のチラシを作って近所の家に貼ってもらったり、ＳＮＳに投稿してみたりした。けれど、手がかりはつかめず、気持ちは塞《ふさ》がる一方だった。

そんなある日のこと。私の心に一筋の光明をもたらしてくれる出来事が起こった。

きっかけは、SNSを見たという友達からのメッセージだった。そこに、こんなことが書かれていたのだ。

――マタタビ町っていう町に、猫探しのプロがいるみたいだよ。

私はすぐに詳しく教えてほしいと返事をした。すると、友達からウェブサイトのURLが送られてきた。

――この猫目探偵社ってとこ。知り合いもここにお願いして、迷い猫が見つかったって。

私はお礼の返事を送りつつ、すぐにそのサイトの予約フォームをクリックしていた。そして、藁《わら》にもすがる思いで、ひとりそこへ出かけたのだった。

猫目探偵社は、古びたビルの二階にあった。

チャイムを押すと、インターフォンから「はいー」という声がした。

「あの、予約した者ですが……」

「予約……あっ、そうっしたねっ！　ちょっと待っててくださいねーっ」

そんな軽い感じの言葉が返ってきて、しばらくすると三十代くらいの男の人が現れた。

「どもども。ささ、中に中に」

「よろしくお願いします……」

　勧められたソファーに腰掛けると、私は対面に座った探偵さんを改めて眺めた。

　彼は汚れたスーツに身を包み、ひとりニコニコ笑っていた。ひどい猫背で、癖《くせ》毛が目立つ。そして何より特徴的だったのが彼の目で、不思議なことに猫のように縦に細長い瞳をしていた。

「それじゃ、詳しい話を聞かせてください」

　促され、私はミィちゃんの写真を取りだした。

「これがうちの猫なんですが……」

　私はミィちゃんの名前や特徴、いつ、どこでいなくなったのかを彼に伝えた。そのあいだ、探偵さんは顎《あご》に手を当てふむふむと頷《うなず》いていた。

「了解っす」

話を聞き終えると、彼は言った。

「今から探しに行きましょう」

「えっ、今から⁉」

とても準備ができているようには見えなかったので、私は思わず口にした。

「こういうのは、念が少しでも残ってるほうがいいっすからね」

よく分からないことを言う探偵さんに、私は尋ねる。

「えっと、失礼ですが、どうやって探すんですか……？」

「あれを使うんっすよ」

その指差す先には花瓶があり、たくさんの猫じゃらしが差さっていた。

彼は立ち上がり、そちらに向かって歩いていった。そして猫じゃらしを一本抜き取ると、細い目をますます細めてこう言った。

「これでネコジングをやるわけっす」

私は探偵さんと家の前に立っていた。

探偵さんは猫じゃらしを取りだすと、その茎《くき》の部分を片手で握った。

「さ、行きましょう」

「行くって、どこにですか……？」

「ミィちゃんを探しにじゃないっすか」

「いえ、そうなんですけど、いきなりどうやって……」

「まあ、見ててください」

探偵さんはその場をうろうろしはじめて、しばらくしてから口を開いた。

「おっ、反応ありっすね」

何がですかと尋ねる私に、彼は言った。

「これっすよ。この猫じゃらしっす」

その手を見ると、猫じゃらしは風に吹かれて揺れていた——いや、そうではないのだとすぐに悟る。風など吹いていやしないのに、猫じゃらしはひとりでにゆらゆらと揺れていたのだった。

「これがネコジングなんっすよ」

探偵さんはニヤリと笑った。

「猫じゃらしには特別な力があって、猫ちゃんのことを思い浮かべながら握ってやると、その猫ちゃんの念が強い場所でこうして反応するんすよ。これで逃げたあとを追うわけっすね。ダウジングってあるでしょう？　金属の棒で地下水脈を探り当てたりする。アレに似てるんで、猫のダウジングでネコジングって呼んでるんっす」

私はちょっと面食らい、大丈夫なのかなと少し不安な気持ちになった。けれど、ミィちゃんが見つかるのならどんな手段だっていいじゃないかと自分自身に言い聞かせた。

「さ、あとを追っていきますよぉー」

私は彼について、ゆっくり前へと進みはじめた。

探偵さんは少し歩いては立ち止まり、猫じゃらしの動きを見てはまた歩くというのを何度も何度も繰り返した。

そのうち行き止まりに当たったと思ったら、彼は塀《へい》の上にひょいとのぼった。

「ちょっと、人の家ですよ⁉」

「まあまあ、猫にとっては公道ですから」

もういいや、どうにでもなれっ！

私は完全に開き直って、よじのぼってあとにつづいた。

塀の上を歩くだなんて、子供のとき以来だった。猫が見ている景色はこんな感じなのかなぁと思ううちに、自分もなんだか猫になったかのような気分になってくる。

ときおり塀を降りて人家の庭を横切ったり、大きな道路を突っ切ったりしながら、私たちは猫じゃらしに導かれて進んでいった。

いつしか陽は沈みかけ、あたりも薄暗くなってきた。

気がつくと、私は見知らぬ公園の中を歩いていた。

いったいどこの公園なのかな……。

そんなことを思っていたときだった。

「ここっすね」

探偵さんが立ち止まり、口を開いた。

「ここで途切れてるみたいっす」

「途切れてる……？」

私は尋ねる。

「えっ……もしかして、ここまで来て見失ったってことですか……？」

「いえいえ、ほら、あそこっすよ」

探偵さんは視線をやった。

その先、公園の茂みの中にはギラリと光る二つの目があり――。

「ミィちゃん⁉」

私は大声をあげていた。紛れもない、うちのミィちゃんがそこにいたのだ。

泣きそうになりながら、私はゆっくり近づいた。そして両腕で優しく抱きかかえると、堪《こら》えていた涙がこぼれてしまった。

「ああ、よかった、よかった……」

探偵さんはニコニコ笑った。

「ほんと、よかったっすね！」

その手元では、猫じゃらしがぐるんぐるんと回っていた。


後日、私は夫と一緒に探偵さんのところに改めて伺い、繰り返し繰り返しお礼を言った。

謝礼も余分に包ませてもらったのだけれど、探偵さんは笑って固辞した。

「お気持ちだけで十分っす。仕事っすから」

こうして私たちは、ミィちゃんとの平穏な日常をすっかり取り戻すことができたのだった。

ミィちゃんは、今日も元気に銀ボールを追いかけリビングを駆けずり回っている。

銀ボールといえば、こんなこともあった。

つい先日、あのネコジングというのを自分でもやってみたくなって、猫じゃらし片手に家の中をうろついていたときのこと。急に猫じゃらしがぐるんぐるんと強い反応を示したから、何事だろうとあたりをきょろきょろ見回した。

そのとき、私はあるものを発見して声をあげた。そして、ネコジングが反応するのも無理はないなぁと苦笑した。

その冷蔵庫と壁の隙間《すきま》の奥のほうには、埃《ほこり》を被った銀ボールが大量に転がっていたのだった。

7 Mezamashi Neko

Episode-7

目覚まし猫

Matatabi chou wa Nekobiyori

7 Mezamashi Neko

引っ越し業者が帰っていって、初めての一人暮らしが幕を開けた。

大学への入学を控えた、ある春の日のことだった。

一階に住むこのマタタビハイツの管理人さんにも挨拶を済ませ、おれは部屋に戻ってくつろぎはじめる。あまり広い部屋ではないけれど、自分だけの冷蔵庫やクローゼットを眺めていると、いよいよ新生活がはじまるのだと期待が膨《ふく》らむ。

積み上がった段ボールは、明日からゆっくり片づけよう。

そう思いつつ、こういうのも一人暮らしならではだよなぁと噛みしめる。実家だったら、母親から早く片づけろと小言を言われるに違いないのだ。しかし、ここは実家ではなく、いわば自分が主を務める城。つかんだ自由に歓喜の声をあげたくなる。

初日から存分に夜更かしをして、おれがベッドに入ったのは深夜だった。

大学がはじまるまでは、好きなだけ朝寝坊ができる。何時に目を覚まそうが、それもまた自由だ。いや、大学がはじまってからも、別にサボればいいだけか——。

そんなことを考えながら、おれは気持ちよく眠りに落ちていったのだった。

次に目が覚めたのは、何かの音が耳に入ってきたからだ。

ぼんやりした意識の中で、おれは枕元のスマホで時間を見た。

まだ七時か……。

と、そのとき、再び音が聞こえてきた。今度はハッキリ耳に届いた。それは「ニャア」という鳴き声だった。

外に猫がいるのだろうか。それにしては声が近いな……。

そう思った矢先のことだ。

胸のあたりに突然ドスッと何かが乗って、おれはぐえっと声を出した。

「ニャアッ！」

おれは思考が停止した。

まだ夢を見ているのかな、と、一瞬思った。

が、少し遅れて、これは現実なのだと理解する。自分の胸に乗っていたのは、紛《まご》う方なき猫だった。

「なんで⁉　えっ、どういうこと⁉」

おれが慌《あわ》てて身体を起こすと、猫は素早く胸の上から飛び降りた。

床に立つ猫と視線が合う。

しばしの沈黙が流れたあと、猫はトコトコ歩きだした。おれは金縛りにあったように固まって、その姿をじっと眺める。

猫は玄関のドアに近づいていき、やがて頭をぶつけるぞと思った直後――。

おれは目を見開いた。

猫はドアの隅から自分で出ていってしまったのだ。なんだなんだと目を凝《こ》らすと、ドアの一角が四角く切り取られていることに気がついた。それはキャットドアのようだった。

なんであんなものが付いてるんだ⁉

というか、いまの猫はなんだったんだ⁉

様々な疑問が押し寄せるも、何の答えも浮かばない。

おれは途方に暮れてしまった。

このまま部屋にいるのもなんだか少し怖くもあって、いちど外に出ることにした。

管理人さんと出くわしたのは、一階に降りたときだった。

挨拶をすると、ちょうどいいと、おれはすぐに切りだした。

「あの、さっき部屋に猫が入ってきてたんですが……」

管理人さんは「ああ」と言った。

「モナカですか」

「モナカ……？」

「うちの猫です」

管理人さんは、それが何か、とでも言いたそうな顔だった。

おれは抗議の意味もこめて口にした。

「いきなりでびっくりしましたよ……すっかり目も覚めました」

「それはよかった。いい一日をお過ごしくださいね」

話を切りあげようとする管理人さんに、おれは慌てて付け加えた。

「ちょ、ちょっと待ってください！」

「はあ」

「なんで猫が勝手に入ってきてたんですか？　それに、そもそもなんでキャットドアが……」

すると、管理人さんは「なるほど」と呟《つぶや》いた。

「親御さんからは何もお聞きではないんですね」

「何をですか？」

「目覚まし猫のことですよ」

「目覚まし猫？」

管理人さんは頷《うなず》いた。

「うちのアパートは目覚まし猫が付いているのが売りでして。それがモナカというわけなんですが、あの子は毎朝、住人の方々を起こして回っているんです。猫は時間に正確な生き物なので、決まった時間に起こすことができるんですよ」

おれは尋ねる。

「……ということは、うちにも毎朝、猫が起こしにくるんですか？」

「そういうことです」

「ええっ！」

そんな話は聞いてないぞと、おれは動揺してしまう。

アパートを決めてきたのは母親だった。ということは、これを仕組んだのも母親であるに違いなかった。

してやったりの表情が思い浮かぶ。

たしかにおれの性格だと、すぐに怠惰な生活に陥る可能性は大いにある。しかし、実家を離れてまで干渉されたくはなかったし、毎朝早く起こされても敵わない……。

と、そこまで考え、あっ、と思った。

単純な話じゃないか。なにも、目覚ましを早い時間にセットする必要はない。遅い時間に変えればいいだけだ。というか、そもそも目覚まし自体を解除してしまえばいいではないか。

「それが、承《うけたまわ》っていないんですよ」

管理人さんは申し訳なさそうに口にした。

「ご契約のときに時計の設定権限を決めるんですが、あなたの場合は親御さんにその権限があるんです。ですから、勝手にいじることはできません」

「そんな……」

母親に抗議をしようと考えた。が、おれはすぐに思い直す。

規則正しい生活を送れば何の問題もないじゃない――。

そう返されることが容易に想像できたからだ。

「毎朝七時……」

絶望感に苛《さいな》まれながら呟くと、管理人さんが口を開いた。

「いいえ、お休みの日は違う設定になっていますよ」

「えっ、ホントですか⁉　何時ですか⁉」

助かった！

おれはひとり歓喜した。

が、それも束の間のことだった。

「七時半です」

「ほぼ一緒じゃっ！」

がっくり肩を落とすおれに、管理人さんは同情気味にこう言った。

「まあまあ、早起きは何とやらと言いますし、あまり気を落とさないでください。それに、人生は有限ですからね。学生さんはせっかくたくさん時間があるのに、よくそれを無駄にして、社会人になってから後悔するケースが多いんですよ。早寝早起きで、限りある時間をぜひ有効に使ってください」

正論にぐうの音も出ず、おれは引き下がることにしたのだった。


その日から、目覚まし猫のモナカとの暮らしがはじまった。

モナカは毎朝七時にキャットドアをくぐってやってきた。

起こし方にはいくつか段階があるようで、最初はニャアと一声鳴く程度だった。おれが起きれば、モナカは満足そうに部屋を出ていく。

しかし、それで起きないようならば、モナカは部屋の中で何度も鳴いた。さらに放っておくと、最初の日のように胸の上にドスッと乗っかり、時には舌でペロペロ舐めてくることもあった。

8 Neko no Theater

Episode-8

猫のシアター

Matatabi chou wa Nekobiyori

8 Neko no Theater

映画を見に行こう。

そう言ってお父さんに連れられたのは、お父さんの育った町――マタタビ町にある映画館だった。

「さあ、ここだよ」

楽しそうなお父さんとは違って、ぼくはその古くて小さな建物を見た途端、がっかりしてしまった。てっきりきれいな映画館で最新のアニメやヒーローの映画を見られるのだと思っていたのに、おもしろそうな映画なんてやっていそうになかったからだ。

そんなぼくの気持ちを感じてか、お父さんは口にした。

「退屈そうだって思っただろ？」

図星を指されて黙っていると、お父さんは言った。

「はは、気持ちは分かるよ。でも、リョウが大きくなったら一緒に来ようとずっと思ってたんだよ。ここは、お父さんにとっての思い出の場所なんだ。小さいころ、よくお父さんのお父さんに連れてきてもらってたところでね」

「それって、ぼくのおじいちゃん？」

お父さんは頷《うなず》いた。

「そう、おじいちゃんも映画が大好きだったんだ」

「へぇぇ……」

　ぼくはそう口にしながらも、正直なところ、興味はそんなに湧いてきてはいなかった。おじいちゃんは、ぼくが生まれる少し前に亡くなっていた。だから、会ったことも話したこともなく、ぼくにとっては写真の中の知らない人とほとんど同じような存在だった。

「じゃあ、中に入るか」

　窓口でチケットを買うと、ぼくたちは一緒に映画館へと入っていった。

　館内は狭くて、ひとつしかない上映室も広くはなかった。

　何人かのお客さんが座っている中、ぼくとお父さんは後ろのほうの席に座った。

「ねぇ、それで、見るのはなんて映画なの？」

　尋ねると、お父さんはこう答えた。

「はじまってみないことには分からないなぁ」

「ええっ？」

「過去の名作には違いないけど」

戸惑うぼくに、お父さんは口にする。

「ここは名画座っていって、古い映画ばかりをやってるところで。ただ、その上映の仕方が普通とはかなり違ってるんだ。ここは猫のシアターなんだよ」

「猫……？」

ますます意味が分からなくなり、ぼくは文句を言いたくなってきた。

と、そのときだった。

お父さんが後ろを向いて口を開いた。

「おっ、来てる来てる。あれがその猫、ジロウさんだ」

ぼくは、お父さんの視線の先に目をやった。そして、あっ、と声をあげた。いつの間にか、一匹の猫が後ろの台にちょこんと座っていたのだった。

「ちょっと、猫がいるよ⁉」

驚くぼくに、お父さんは笑って言った。

「はは、いま言ったところじゃないか。あの猫が、映写技師のジロウさんだよ。この映画館では、ジロウさんが映画を映してくれるんだ」

「どういうこと……?」

「まあ、説明するより見てみたほうが早いだろうなぁ」

そのとき、ブーッという音が響いてきて、あたりがすっと暗くなった。

「はじまるぞ。ほら、ジロウさんを見ててみな」

そう言われ、ぼくはさっき猫が座っていたところに目をやった。と、暗闇に二つの丸いものがぽつんと光っているのが見えた。

あの猫の目だ——。

そう思った、次の瞬間のことだった。

突然、その目がピカッと光った。そして、まばゆい円が暗闇を一直線に貫いた。

ぼくはその光の先——スクリーンのほうを見て驚いた。

いつの間にか、スクリーンではコマーシャルが流れだしていた。それは、猫の目から放たれた光によるものらしかった。

お父さんが口にした。

「びっくりしただろう? ジロウさんは、こうやって目で映像を流せるんだ。音付きでね」

そして、お父さんはコマーシャルが流れるあいだに、こんなことを教えてくれた。

ジロウさんは、お父さんが子供の頃からこの映画館で映写技師を務めている年齢不詳の猫なのだという。もともとは、館長さんが映画館で飼っていた普通の猫だった。それがいつからか映画をじっと見るようになり、気がつけば、目にした映画を自分でも映しだせるようになっていた。

「人間が映写機を使って映すよりも手軽だから、だんだんジロウさんにお願いする機会が増えていったらしくてね。いまでは完全にジロウさん頼みで、こうしてジロウさんチョイスの映画を見せてもらうのが、この映画館の楽しみ方なんだ」

ぼくはお父さんの話を聞きながら、ジロウさんのほうをチラチラ見ていた。ジロウさんはまったく身体を動かさず、目から出ている映像も揺れたりすることはなかった。

「最初に見たときは、お父さんも驚いたよ。今日のリョウみたいに、何も聞かされずに連れてこられたんだからなぁ」

お父さんは懐かしそうに呟《つぶや》いた。

「こっちの反応を見て楽しそうにしてたおじいちゃんの顔を、いまでもハッキリ覚えてるよ。おっ、そろそろはじまりそうだから、静かにしなくちゃな」

お父さんの言う通り、スクリーンに上映中の注意事項が映された。

そして、映画がはじまった。

映された映像は白黒で、聞こえてきたのも外国の言葉だった。カラーじゃない映画を見るのも、字幕で映画を見るのも初めてで、ぼくは最初のうちは戸惑ってしまった。

でも、そのうち少しずつ慣れてくると、映画の世界に引きこまれはじめた。

内容は、王女さまが普通の男の人と恋をする話のようだった。

そのストーリーをぜんぶ理解できたわけでは全然なかった。

けれど、二人がバイクで街中を走る場面ではワクワクして、追手から逃げる場面ではハラハラした。気がつけば、ぼくは映画にすっかり心を奪われていて、最後のお別れの場面では胸がきゅうと締めつけられた。

上映が終わって館内が明るくなってからも、ぼくはまだ映画の世界に浸っていた。

「古い映画も、いいもんだろう?」

笑みを浮かべるお父さんに、ぼくは深く頷いた。なんだか大人の秘密の世界に足を踏み入れたようでもあって、不思議な感覚になっていた。

と、他のお客さんがいなくなったころだった。

お父さんが口を開いた。

「じつはもうひとつ、今日はリョウに見せたいものがあってね」

そう言うと、お父さんは後ろを振り返ってこんなことを口にした。

「ジロウさん、前にお願いした例のアレ、大丈夫そうですか？」

すると、まだ台に座っていたジロウさんが、低い声で「ミャア」と鳴いた。

「ありがとうございます。それじゃあ、お願いします」

「ねぇ、何がはじまるの……？」

ぼくは尋ねた。けれど、お父さんは微笑むだけで、それには答えてくれなかった。

館内が暗くなったのは、その直後だった。

また別の映画がはじまるのかな……。

そんなことを思っていると、スクリーンに映像が流れはじめた。今度はカラーで、どこかの町の景色を映したものみたいだった。

と、それを見るうちに、ぼくはおかしなところに気がついた。どういうわけか、映像は低い目線で映されているようなのだった。

「これって、何の映画なの？」

お父さんは口にした。

「ドキュメンタリーみたいなものかなぁ。これは、ジロウさんがむかし実際に見た景色なんだ」

「どういうこと……？」

「ジロウさんが記憶してるのは、普通の映画だけじゃなくってね。これまで見てきたたくさんの景色が頭の中に入ってるんだよ。この映像は、リョウが生まれてくる前のマタタビ町で。いやあ、この路地、懐かしいなぁ……」

お父さんはスクリーンを見ながら呟いた。

「そうそう、昔はここに駄菓子屋があったんだ。学校帰りに、友達とよく集まってたなぁ。それから、ここの空き地でみんなで鬼ごっこをしたりして……それで、そう、この角だ。ちょうどここを曲がったら」

お父さんの生まれ育った家がある――。

「これをリョウに見せたくて、ジロウさんに当時を思いだしてもらってね」

一軒の家が近づいてくる。そこに足を踏み入れる。

ぼくはいつしか、猫の視点の映像に入りこんでしまっていた。自分がこの目で、いままさに景色を見ているように錯覚する。

裏に回ると、庭があった。

その縁側に、ひとりの男の人が座っていた。

「おぉ、ジロウか。よく来たなぁ」

声を掛けられ、ぼくは男の人へと近づいていく。男の人は庭に降り、しゃがんで「おいで」と言ってくれる。そちらに向かって、ぼくは駆ける。

見上げると、男の人の顔がアップになった。

お父さんにそっくりのその人は、優しい笑顔を浮かべている。

ぼくは胸が締めつけられた。

何か言おうと思っても、何も言葉が出てこない。

「よぉーしよしよし、ジロウはホントに甘えたがりだなぁ」

差しだされた手に、頭をぐいぐいこすりつける――。

ぼくはなんだか嬉しいような、恥ずかしいような気持ちになって顔を伏せた。

おじいちゃんに頭を撫《な》でてもらう感覚なんて、生まれてはじめてのことだった。

Episode-8

猫のシアター

9 Machinaka no Art

Episode-9

町なかのアート

Matatabi chou wa Nekobiyori

9 Machinaka no Art

最初にその落書きが見つかったのは、マタタビ商店街の魚屋のシャッターだった。ある朝、店主が店の外に出てみると、シャッターの下のほうに何やらカラフルな絵が描かれていたのだ。

よく見ると、それはスプレーで描かれたらしいアルファベットのようなものだった。やられた、と店主は思った。

彼はテレビで見たことがあった。若者たちがアートと称し、壁や柱にスプレーで絵を描く行為を。たしか、グラフィティとか言っただろうか。欧米などでは地下鉄の駅に落書きをされ、鉄道会社が困っている姿が映しだされていたりした。

日本でも、店主は河川敷やガード下などでそういう落書きを目にしたことはあった。が、よもや自分が被害に遭うとは思わなかった。

その日のうちに店主は洗剤を買ってきて、閉店後にブラシでこすって汚れを落とした。作業はなかなか難航したが、何とか消して元の通りになったのだった。

次に被害に遭ったのは、魚屋の近くの八百屋だった。同じように、朝起きるとシャッターに落書きがされていたのだ。さらに靴屋、お菓子屋と被害がつづいていく中で、ついに近隣の住宅の壁からも落書きが発見された。

ここに至って、住民たちの間でこの状況が話し合われることになった。すなわち、町内会で一連の犯行のことが議題に上ったのだ。

「被害に遭われた方は挙手をしてください」

町内会長はみなに言った。

「九、十、十一……はい、十一名ですね。降ろしてください」

そしてホワイトボードに貼った町の地図に、それぞれの場所を日時と共にマッピングしていく。

「なるほど、これによると、現状での被害は特定のエリアに偏《かたよ》っているようですね」

「ですが、会長」

住人のひとりが手を挙げた。

「商店街を中心に、だんだん輪が広がっているように見えますが……」

「おっしゃる通りです。このまま野放しにしておけば、いずれ被害は町全体に及ぶでしょう。猫ポリスも、今回の件ではどうやら手を焼いているようですし」

また別の住人が口にする。

「いったい犯人はどこの若者なんでしょうね……」

会長がそれに答える。

「いや、若者と決めつけるのは早計です。こういうのに、老いも若きもありませんから」

「それはそうですが……では、いったい誰が、何のために……」

これは私見ですが、と、会長は言った。

「誰が、というのは不明ですが、目的はだいたい察しがつきます」

「なんですか？」

「自己主張ですよ」

会長はつづける。

「犯人は我々を困らせることで、存在を認めさせたいのだと思います。若者の多くが抱く、承認欲求というやつでしょうね」

「それじゃあ、犯人はやっぱり若者なんですか⁉」

「おっと、失礼……いまのは言葉の綾《あや》です」

住人たちは、しばらくのあいだ犯人像の推測に勤《いそ》しんだ。しかし、結論が出るはずもなく、当面はみんなで周囲に気をつけようということで、その日は解散となったのだった。

その犯人は思わぬ形で判明する。

数日後、町の空き地で身体に色がついている猫が見つかったのだ。

当初は動物虐待だと騒がれた。アーティストを気取る人間が、ついに猫にまで手を出したのだ。なんたること、言語道断だと、住人たちは義憤に駆られた。

しかし、その猫を保護していた住人の家で事件は起こる。翌日、仕事で家を空けて帰宅すると、部屋の至るところにカラフルな絵が描かれているではないか。

すわ、アーティスト野郎が留守宅に侵入し、今度は屋内までも汚していったか――。

真相は、そうではなかった。

騒ぎに駆け付けた隣人のひとりが、こんなことを言ったのだ。

「あの……これって、この猫の仕業なのではないでしょうか？」

「猫の？　どういうことです？」

「いえ……ほら、この子の身体が汚れているじゃないですか。昨日、汚れは落としたはずなのに」

「それは犯人がやったことでしょう」

「もちろんその筋も捨てきれませんが……こうは考えられないでしょうか。一連の落書きは、猫がスプレーした結果ではないか、と」

「スプレー？」

「ええ……」

猫のスプレー。それは、猫によるマーキング行為のことである。主に去勢していないオスの猫は、尿をスプレー状に周囲へ散布することが知られている。そうすることでニオイをつけて、自らの縄張りを他の猫に示すのだ。

隣人は言った。この猫は色がついた文字通りの〝スプレー〟を撒《ま》き、絵を描いているのではないだろうか、と。

「そんなバカな」

「でも、お宅に人が侵入した形跡はないんですよね？」

「それは……」

「なら、試してみる価値はありそうです」

隣人は、カメラを設置してみることを提案した。それで様子を観察してみないか、と。

「そこまで言うなら、分かりました」

住人は承知し、カメラで不在の間の猫の様子を撮影してみることにしたのだった。

翌日、帰宅した住人はその録画を見て驚愕した。

猫が信じがたい行動を取っていたのだ。

部屋の中でのんびり過ごしていた猫は、おもむろに立ち上がって壁のほうへと近づいた。そして、下半身からシュゥッと緑色の霧状のものを散布すると、つづいて青や赤、黄色の霧を吹きつけて、あっという間に幾何学模様を完成させてしまったのである。

隣人の推理の通り、犯人はなんと猫だった——。

この結果を受け、町内会では再び議論の場が設けられた。

「まさか、猫の仕業だったとは……」

会長はつづけた。

「絵が小さかったのも、それゆえだったんですね……しかし、いったいどういう具合でこんな現象が……」

猫を預かっていた住人は言う。

「動物病院での検査では、猫は去勢済みで身体にも異常は見つからず……スプレーの成分は油性塗料に近いものらしいんですが、それ以上のことは分からずじまいで医者も首を傾げていました。おそらく通常の猫のスプレー行為と同じく、マーキングの一種ではないか、とだけ」

「なるほど、奇しくも、自己主張が目的だという私の説は当たっていたというわけですか」

住人は言った。

「それで、この子はどうしたものでしょう……」

「ちょっと考えてみますので、もう少しだけ預かっておいていただけませんか？　もちろん、掃除代やエサ代は町内会費からお出ししますので」

住人はやむを得ず承諾し、会合はお開きとなった。

しかし、一日経っても二日経っても、解決策は見出されないままでいた。

会長は頭を悩ませた。落書きをするような猫の引き取り手など、果たして見つかるだろうか。かといって、外に放すとまた住人を困らせる……。

そんな中、事態は急展開を迎えた。

きっかけは、猫を預かっている住人によるＳＮＳへの投稿だった。

――猫が絵を描きました～！

そんな文言にあの撮影した動画の一部を添付して、アップしたのだ。

最初は、動画をCGと勘違いした人が、出来栄えを称賛するようなコメントを残した。が、住人が事の経緯を書きこむと、驚愕の言葉と共にどんどん動画がシェアされだした。そしてそれは瞬く間に広がっていき、こんなコメントが大量に寄せられはじめた。

――センスいい！

――私も描いてもらいたい！

――猫ちゃんの絵が欲しいんですが、どうすればいいですか？

あまり深く考えずに投稿していた住人は、思わぬ反響に戸惑った。そして、すぐに会長の元へと飛んでいった。

「どうしましょう！」

そうこうしている間にも、SNSのコメント通知は鳴りやまない。

会長は、半ばパニックになっている住人の話を聞き終えると、しばらく黙った。

やがて、口を開いてこう言った。

「判断は猫に委ねましょう」

かくして会長たちは猫の前に立ち、改めて経緯を話した。SNSで話題に上っているということ。アートとして欲しがる人が出ていること。それらに応える意思はあるかどうか……。

無論、人間の言葉を理解しているかは分からなかった。が、会長たちは丁寧に状況を説明した。

そして、猫の前にキャンバスを設置すると、こう言った。

もし意思があるようなら、ここに絵を描いてもらえないか——。

猫は耳の後ろを掻いたり、あくびをしたり、いかにも興味なさそうな顔をしていた。

住人は不安になり、こんなことをこぼしはじめた。

「キャンバスというのが違ったんじゃないですかね……？」

ストリートのプライドを傷つけたんじゃないか。我々の提案は、商業に魂を売らせようとする行為なのでは。アーティストへの冒瀆《ぼうとく》だったか。

やっぱりやめよう。世間にはCGでしたと謝って、なかったことにしてしまおう。

みながそう思いかけた矢先だった。

おもむろに猫が立ち上がり、次の瞬間、用意したキャンバスにシュウッとスプレーを吹きつけたのだ。そしてつづけざまに別の色を噴射して、やがてデフォルメしたネズミのような絵を完成させた。

「見ましたか⁉　猫さんに描く意思はおありです！」

会長は叫んだ。

「我々も、できることをいたしましょう！　全力でサポートしようではありませんか！」

会長は、すぐに町内会を開催した。

「……それでは、投票の結果、猫さんのアーティスト名は〝nyaa〟に決定いたします」

わぁっと一斉に拍手が起こる。

「今後は、我々町の住人がnyaaさんのアート作品の仲介を行ってまいります。売上は全額、nyaaさんの活動支援と生活費に充《あ》てましょう。我々はあくまでボランティア。いいですね？」

「異議なしっ！」

「異議なしっ！」

「異議なしっ！」

会長は満足げにそれを見渡す。

「すでに作品制作の依頼は殺到しています。まずはみなさんで協力し、それらに応じるところから開始しましょう！」

当座の猫のアトリエは、町の集会所が充てられた。そこを住人たちが持ち回りで管理をし、エサをあげたり掃除をしたりして快適な創作環境を作りだす。

集会所の四方の壁には小さなキャンバスがいくつも立てかけられていて、猫はそこに気まぐれに絵を描いていく。

魚や月。家や車。

具体的なモチーフがあるものから抽象的なものまで、猫の画風は多岐に渡った。そしてその絵には、いずれも隅のほうに朱で肉球の印が押された。それがnyaaのサインなのだ。

絵が届いた者は、積極的にSNSで発信して飾っている様子などをアップした。それを見た者が新たに猫のことを知り、依頼はどんどん増えていく。

今度できる新しいマンションに絵を描いてくれないか。

そんな依頼も飛びこんできた。

「さすがに出張のお仕事はちょっと……nyaaさんの負担になりますので……」

アトリエで電話を受けた会長は、そう言った。が、次の瞬間、突然、ぎゃっと声をあげた。

猫が足を噛んだのだ。そして全身の毛を逆立てて、シャアッと会長を威嚇《いかく》した。

さらに噛もうとする様子を見て、会長は意図を察して慌てて言った。

「ぜ、ぜひぜひぜひお引き受けしたいとnyaaさんがおっしゃっております！」

この仕事を皮切りに、出張しての制作も増えはじめる。駅舎に絵を描いたり、古民家の壁をアーティスティックに塗り替えたり。大きな絵は、現場に細かい足場を組ませることで制作した。

話題になりはじめた当初こそ、猫が絵を描く物珍しさが世間に受けているところもあった。が、仕事をこなしていくにつれ、nyaaのアーティストとしての評価は着実に高まっていく。それと共にギャランティーもどんどん上がり、稼いだお金で町に大きな家が建てられて、そこにアトリエも移される。

大型案件も舞い込んだ。

都心に建設される商業施設のメイン美術を任されて、エントランスを彩る巨大な壁画をものにした。現代の日本を象徴する一枚として、首相官邸にも絵が収められた。

そのころになると、海外からも熱烈に支持されるようになっていた。

高級ファッションブランドとコラボして、絵をもとにした奇抜なドレスがパリコレで披露された。世界的演出家とタッグを組んで、その舞台の背景画を何枚も手掛けた。

個展を開けば即日完売。

オークションに出品されれば高額落札。

世界中が猫の作品に熱狂した――。

しかし、nyaaの絵を所望するなら、心得ておかねばならないこともあった。それは、自宅に飼い猫がいる場合。油断すると、せっかくの絵が台無しになってしまう恐れがあるのである。

ある富豪も被害に遭ったひとりだった。

彼は絵を購入すると、リビングに飾ることにした。しかし、待ち受けていたのは、じつに悲惨な結末だった。目を離したすきに飼い猫が壁から絵を落とし、ズタズタに引き裂いた上で、猫本来のスプレー行為を行ったのだ。

不幸にも彼は知らなかった。絵はあくまでもnyaaのマーキングの延長線上で作りあげられていることを。他の猫からしてみると、不快なものでしかないことを。

こうして、富豪の持つ絵はすっかりボロボロになってしまった。

飼い猫による同様の破壊行為は他の家でも散見され、少なくない数の絵の所有者が泣き寝入りをすることになった。

だが、飼い猫たちの行いを破壊だと捉えるのは、人間の一方的な都合であるといえるだろう。猫たちにしてみれば、むしろ自らの手でダメなアートに新たなアートを上書きしてやっているようなものなのだから。

もっとも、その新たなアートの価値というのは、飼い主側には永遠に理解できないだろうけれども。

10
Bug wo Otte

Episode-10

バグを追って

Matatabi chou wa Nekobiyori

10
Bug wo Otte

自宅兼仕事場に、新しい家族がやってきた。

黒猫のクロだ。

マタタビ町の里親募集で引き取ってきたクロはとにかくヤンチャで、部屋の中で日夜、大運動会を繰り広げた。特に部屋に虫が入ってきたときなどは大変で、夢中になって追い回すうちにゴミ箱をひっくり返したり、皿の水をぶちまけたり。時には虫がいなくなってからも興奮のままに暴れ回ることもあり、それにはほとほと弱ってしまった。おかげで一人暮らしの散らかった部屋は片づけられて、少しはマシなものになったのだけれど。

クロは、おれがＰＣに向かってプログラムを組む仕事をしていると、よく邪魔もしてきた。足元で鳴いて呼ぶのはいいほうで、机に乗って暴れたり、キーボードを踏んだりしてくるのだ。

中でも一番閉口したのが、作業中の画面をしょっちゅう触ってくることだった。クロは画面のそばに陣取ると、初めはそこに映るプログラムに眺め入る。が、何がそのスイッチになるのか、そのうち急にビクッと動き、画面に近づき引っ掻くのだ。

「こらっ、クロ！　やめなさいっ！」

最初のほうこそ、そう言ってクロを叱っていた。

だが、何度言っても聞きはせず、おれは途方に暮れてしまった。

なぜPCの画面に反応するのか、それもよく分からずに首を傾げた。

それまでも、テレビ画面にクロが反応することは多々あった。お天気キャスターの指示棒の先に飛びかかったり、サッカー中継のボールを追いかけたりするのだが、それらは刺激になるものが明確で、反応してしまう気持ちも分からないではなかった。

しかし、くだんのPC画面には、おれの書いているプログラムが映るくらいで、目立つようなものはひとつもないのだ。たしかに画面はスクロールして多少なりとも動くものの、なんでこんなものに興味を示すのかは不明だった。

いずれにしても、おれは対策を考えなければなぁと思いはじめた。

仕事なので、いちいち作業を止めて遊んでやるわけにはいかない。画面に近づくことができないように、柵《さく》でも設置しないといけないのかなぁ——。

おれがあることに気がついたのは、しばらく経ってのことだった。

その日、おれはいつものように仕事をしていた。すると、すかさずクロがPCのところに寄ってきて、画面の横に腰を下ろした。

また邪魔をする気かなぁ……。

そんなことを思いつつ、カタカタとキーボードを叩きながら画面をスクロールしていたとき。やはりというか、不意にクロが身を乗りだして、ニャニャッと画面を引っ掻いた。

その瞬間、おれは、あっと声をあげた。

それは、クロがイタズラをした、という理由からだけではなかった。クロが手を出したのとほとんど同時に、プログラムの中に書き間違い——バグを発見したのだ。

そして肝心なのが、その場所だった。そこはまさに、クロが触れたところと一致していたのである。

おれは雷に打たれたような衝撃が走った。

もしやクロは、このバグに反応したのでは?

いや、ただの偶然だと、おれはその考えを振り払おうとした。猫にプログラムが理解できるはずもなければ、バグを発見するスキルなど持っているわけがない。

しかし、たしかな好奇心も芽生《めば》えていた。

もしもクロが、これに反応したのなら……?

おれは休憩がてら、あることを試してみた。プログラムの中に意図的にバグを混入し、画面をスクロールさせてみたのだ。

すると、驚くべきことが起こった。

ちょうど画面にその箇所が映りこんだところで、クロが飛びかかったのである。

おれは興奮しはじめていた。

すぐに別のバグを入れ、もう一度同じように試みた。すると、やはりクロは間違いのあるところに反応し、それは何度やっても変わらなかった。

ふと、ある考えが頭をよぎった。

クロがバグに反応する理由——それはクロが虫好きだからではないだろうか、と。

バグとは本来、虫を意味する言葉だ。クロはバグというプログラム上の虫を見つけて、喜んで追いかけているのではないだろうか。

その真偽のほどは分からなかったが、いずれにしても、クロがバグを見つけることに変わりはなかった。

おれは内心で歓喜した。

プログラムを組む仕事では、バグというのはつきものだ。いくら完璧にコードを書いたつもりになっても、一度でうまく動作するなど、まずありえない。必ずどこかに間違い

が出てしまうものなのだ。

そして、そのバグを見つけるのも簡単なことでは決してない。スペルミス、論理の矛盾。元がどんな些細《ささい》な間違いであったとしても、膨大《ぼうだい》な文字列の海から見つけだすのは骨の折れる作業になる。

おれはこんなことを考えていた。

仕事中、あえてクロをPC画面に近づけて、バグを発見する役目を担ってもらうのはどうだろうか、と。そうすれば、仕事が格段に速くなるのではないだろうか、と。

その目論見《もくろみ》は成功する。

ウソのように仕事が捗《はかど》るようになったのだ。

おれがプログラムを書く横で、クロは画面に目を光らせる。そして、クロが飛びかかっていったところをチェックして、正しいものへと修正する。

驚くべきは、クロのバグへの感度だった。まだ文字列を書きかけている途中でも、クロはお尻をフリフリしだすことがよくあった。前にバグが出た似たような場面を覚えているのか、はたまた第六感でも働くのか。どうやって察知するのかは分からなかったが、クロがその状態になると必ずといっていいほどバグが生じ、次の瞬間には画面にバッと飛びかかっているのだった。

そしてクロは、そのうちさらに信じられない力を発揮する。

あるとき、おれは画面に飛びかかったクロが何かを捕まえ、デスクの隅で弄《もてあそ》んでいることに気がついた。

よく見ると、クロがじゃれついていたのはアルファベットの文字列だった。

慌てて画面を見てみると、それと同じ文字列が収まっていたはずの場所は、いつの間にか空白になっていた。どういう具合か、なんとクロは画面の中のバグを捕まえて、自在に取りだせるようになったのである。

それ以来、仕事中にちょっと席を外して戻ってくると、デスクの上に文字列が転がっているようなことがしばしば起こるようになった。それは単語ひとつであったり連なりであったり様々だったが、文字列を前に得意げにしているクロを見て、獲物を自慢しているのだなと微笑ましくなった。

おれは次第に、仕事であぐらをかくようになっていく。

以前はできるだけ最初からバグをなくそうと、集中力を研ぎ澄まして仕事をしていた。が、いまは適当にしてバグが出ても、どうせクロが取り除いてくれるのだ。

仕事の仕方も変化した。

まず、おれはあまり深く考えることなく、ある程度の量のプログラムを勢いだけで一気に書く。次に画面をオートスクロールの状態にして、クロにバトンタッチする。するとクロが縦横無尽に飛び回り、バグをどんどん捕まえる。暫定の最終行までたどりつくと、おれは最初の行までさかのぼり、バグが消えて空白になったところに正しいコードを入力していく。そんな具合だ。

緊張感なく書くプログラムには、バグが頻発するようになった。

それでもおれは気にしなかった。

プログラムを書き終えるまでの時間は前より多く掛かったものの、そのあとにバグを取る時間が必要ないので、結果的には早く仕事を終えられた。効率は上がり、おれはいっそう多くの仕事をこなせるようになっていった。

しかし、あるとき想定外の事態に見舞われる。

それはクロにバグ捕りを任せ、席を外したときのこと。おれはつい、そのままソファーで眠ってしまい、ハッと気づくとずいぶん時間が経っていた。

おっといけない、仕事に戻るか……。

そう思いながら、ぼんやり作業部屋まで歩いていった、そのときだった。

おれの姿を目にしたクロが、なぜだかダダッと逃げたのだ。

そんなことは初めてで、妙だなと思いつつもPCのほうに近づいた。

その次の瞬間だった。ＰＣに目をやったおれは、思わず言葉を失った。

画面には、バグの抜け落ちた文字列が残されていた。が、その並び方がめちゃくちゃだった。文字という文字が画面中に散らばって、ぐじゃぐじゃになっていたのである。

おれの頭に、逃げていったクロの姿がよみがえる。

これはクロの仕業に違いない！

でも、なんで——。
そう考えて、おれは、あっ、と思いだす。クロが部屋で本物の虫を追いかけるとき、興奮してときどき部屋を荒らしていたことを。
きっと、これまではおれがいるので大人しくしていたのだろう。が、今日はいないのをいいことに、好き放題に暴れ回ったに違いない。
そのとき不意に嫌な予感に襲われて、おれは画面をデスクトップに切り替えた。そして、うわあ、と声をあげた。

広がっていたのは見るも悲惨な光景だった。

振り返ると、こちらの様子を窺《うかが》うクロが視界に入る。

おれは頭を抱えてしまう。

片づけに、いったいどれほどの時間が掛かるだろう――。

デスクトップのゴミ箱はものの見事にひっくり返され、あらゆるファイルがめちゃくちゃに入り乱れてあたり一面に散らばっていた。

11 Maestro

Episode-11

マエストロ

Matatabi chou wa Nekobiyori

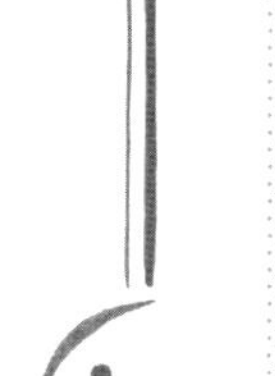

11 Maestro

近頃、うちのサクラが騒がしい。三毛猫のサクラはもともとやんちゃな子ではあったけれど、なぜだか最近、暇さえあれば変な声で鳴いてばかりいるのだった。

エサが足りていないのだろうか。もっと遊んで欲しいのだろうか。

そんなことも考えてみたが、どうやらそういう訳ではないらしい。それじゃあいったい何なのだろうと、私はひたすら首を傾げた。

もうひとつ、騒がしいといえば、うちの娘もこの頃ずっと騒がしい。

「ねぇ！　聞いて聞いて！」

そう言って、所かまわず大声で歌をうたいだすのだ。

娘がうたうのは、課題曲。

近いうちに小学校に上がって初めての合唱コンクールがあり、目を輝かせて張り切っているのだった。

「お母さん、聞いてる!?」

「うん、聞いてるよー」

私は生返事をしながら、ネットを見たり、雑誌を見たり。

「あーっ！　聞いてない！」

「聞いてるよー」

「ねぇ！　本番で指揮する人がすっごいんだよ！」

「へぇ、そうなんだー」

適当に相槌《あいづち》を打ちながら、私は娘の声をＢＧＭに、また自分の世界に戻っていく。

合唱コンクールは保護者にも開かれていて、当日になると私はひとり、娘の通うマタタビ小学校へと足を運んだ。

体育館の保護者席に腰を掛けると、前で体育座りをしている子供たちに目を見やった。出番を控えるその中に、娘の姿はすぐに見つかる。ひとりだけ、落ち着きなくきょろきょろとこちらを見ていたからだ。

娘は私と目が合うと、弾けんばかりに笑顔を咲かせた。手まで振りはじめたところで先生から注意をされる。私は恥ずかしくなって下を向く。

その合唱コンクールで目を疑ったのは、最初のクラス――一年一組が前に整列したあとだった。

娘のクラスは三組で、まだ出番は先だなぁと思いながらぼんやりしていた、そのときだった。指揮台に向かってスタスタと歩いてくる小さな影があったのだ。

なんだろうとよく見ると、それは一匹の猫だった。それも、なぜだか燕尾《えんび》服のようなものを着ているではないか。

なんで猫がこんなところに……⁉

私は意味が分からずに、助けを求めるように周囲を見た。すると、何人かは同じように信じられないといった表情をしていた。が、ほとんどの保護者は動じておらず、さも当然といった様子で歌がはじまるのを待っていた。

猫はそのまま指揮台に足を掛けて上がっていく。子供たちにも特段変わった様子はない。

猫は観客に向かってペコリと頭を下げると、目を閉じた。そして、こちらを向いたまま太い尻尾をピンと立てた。

その次の瞬間だ。猫の尻尾が、まるで指揮者の腕のようにしなやかに動きだしたのだ。

猫は尻尾で虚空に「ん」の字を何度も描いた。なんだなんだと思っているうちにピアノの伴奏が開始して、子供たちの歌がはじまった。

曲は、娘がうたっていたのと同じだった。

しかし、私は猫にすっかり気を取られ、彼らの歌に聞き入る余裕はほとんどなかった。

猫は巧みに尻尾を振って、曲のリズムを整えている。その動きは正確で、素人目にも慣れていることが伝わってくる。

不意に、娘の言葉がよみがえった。

――指揮する人がすっごいんだよ！

私は心の中で激しく突っこむ。

たしかにすごい。すごいけど――人じゃなくて、指揮してるのは猫じゃない！

そんなことを思ううちにも歌はどんどん進んでいって、最後に猫が尻尾の動きをピタッと止めると一組の歌は終わってしまった。

堪《たま》らず私は隣に座っていた女性に話しかけた。

「あの、すみません、どうして猫が……」

女性は一瞬首を傾げて「ああ」と言った。

「マエストロのことですか？」

「マエストロ？」

「あの猫さんですよ」

「はぁ……」

「ご存知ではないんですね。マエストロは凄い猫さんなんですよ」

そして女性は、こんなことを語ってくれた。

あの猫――マエストロは、世界で活躍する有名な合唱指揮者なのだという。猫は耳がいいとされるが、マエストロはその中でも特に音を聞き分ける能力に秀《ひい》でていて、実力で今の地位まで上り詰めた。

普段はヨーロッパを中心に活動をしているが、ときどきこの地元に帰ってくる。その時期が合唱コンクールと重なると、贅沢《ぜいたく》にもこうして全クラスの合唱の指揮をとってくれるということらしい。

「どんなに立派になっても、マエストロは地元愛を忘れてないんです。うれしいですよね。ほかにも地元に恩返しがしたいと様々な活動をされていて、今回の帰省でも、また何か新しいことをはじめるようですよ」

「ははぁ……」

まったく知らなかった話に、私は自分の無知を恥じた。プロを相手に慣れている感じだなぁなどと、なんて失礼な感想を抱いてしまっていたことか！

そして、猫に対する尊敬の気持ちも湧き起こった。その腕前もさることながら、偉くなっても地元に恩返ししたいだなんて、立派だなぁ……。

そんなことを思っていると、やがて一組と入れ替わる形で一年二組がぞろぞろと前に出てきて並び終わった。

マエストロがスタスタ出てきて、軽やかに指揮台の上へとのぼる。一礼のあと尻尾が高く突き上げられて、また四拍子の動きがはじまった。

今度はようやく、歌を聞く余裕があった。二組の子供たちはぎこちないハーモニーを披露しながらも、マエストロが尻尾をビシッと止めるまで元気いっぱいにうたいあげた。

そして、いよいよ三組の出番がやってきた。

子供たちが前に出てきて、壇上の左側に男子が並び、右側に女子が並んだ。

指揮台に上がったマエストロが尻尾を振って、三組の合唱がはじまった。

が、その矢先のことだった。

恐れていた事態が起こってしまい、私は、あちゃあ、と頭を抱えた。

元気に歌がうたわれはじめた直後、一人だけ、女子の声で派手に音程が外れている子がいたのだった。

保護者席から、くすくすと笑い声が聞こえてくる。

誰が音を外しているのか、遠目からは分からない。

けれど、私には誰の声かすぐに分かった。

間違いなく、声の主は娘だった。

家で歌っているときからそうだったのだ。残念ながら私の血を引いてしまったからだろう、娘はどう聞いても音痴の部類に属していた。

でも、まあ、まだ小学一年生だし、みんな似たり寄ったりで周りに埋もれてくれるかな——。

そう期待をしていたのだが、残念ながらそれは叶えられなかった。埋もれるどころか、度胸だけは誰にも負けない我が娘の声は、人一倍大きく聞こえた。

私は思う。忙しいマエストロに、音痴を矯正している時間なんてないよなぁ……。

ひとり赤面しているうちに歌は終わり、娘たちは檀上から消えていった。

最後にマエストロが一礼して去っていき、一年生の合唱は終わった。

私はなんだかほっとして、その後は安心してマエストロの指揮する合唱に耳を傾けることができたのだった。

娘が学校からプリントを持って帰ってきたのは、後日のことだ。

そこには、こんなことが書かれていた。


――猫の合唱団　公演のお知らせ――


なんでも、あのマエストロが地元の猫を率いて合唱団を設立し、その記念公演が学校の体育館で行われるのだという。

次の瞬間、私はあっと小声をあげた。自分の中で、ひとつにつながるものがあったのだ。

ここのところ、うちの猫――サクラが騒がしかった理由がようやく分かった。

サクラは猫の合唱団のメンバーに入っていて、それで日夜、歌の練習に励んでいたんだ！

しかし直後、私は嫌な予感に襲われる。

サクラのあの変な鳴き声……。

もしかすると、サクラも飼い主に似て、猫の世界でいう音痴なのではないだろうか。

考えれば考えるほど、そんな気がしてきてならなかった。

私の頭に、娘の合唱コンクールでのことがよぎる。猫の合唱団の公演でも、また先日のように恥ずかしい思いをすることになるのでは……。

これは対策をしなければ！
私は慌てて、ネットの検索窓に打ち込んだ。
『猫　ボイストレーニング』

12

Natsu no hi no Neko

Episode-12

夏の日の猫

Matatabi chou wa Nekobiyori

12

Natsu no hi no Neko

不意にソファーの下を覗いたら、コハルがそこで丸くなって眠っている。

ドアを開けると、待ち構えていたコハルが足元にすり寄ってくる。

そんな感覚が、いまも消えずにずっとある。

コハルは半年前に、十五年の生涯をまっとうしてこの世を去った。

元気いっぱいで、甘えん坊の猫だった。

妻と二人で子猫のコハルを迎えに行った日のことは、いまでも鮮明に覚えている。

ケージに入れて電車で連れて帰る途中、慣れない移動にコハルはニャアニャア鳴きつづけたものだった。おれたちはなんだか可哀そうになり、電車を降りてタクシーに乗って自宅へ向かった。

そのタクシーの運転手さんが猫好きで、事務所で飼っている猫の話を嬉しそうに語ってくれた。

「おまえも元気に育てよぉー」

運転手さんが掛けてくれたその言葉の通り、コハルはすくすく育っていった。

おれも妻も猫を飼うのは初めてで、知人やネットを頼りながら事前に情報をたくさん仕入れた。

なかなか毛玉を吐かないコハルに、最初は病気じゃないかと心配した。が、後にそういう猫もいるのだと知り、妻と二人で安堵したこともあった。猫草を育てるキットは結局いちども使わずに、いまも押し入れの隅で眠っている。

かまってほしくて鳴くくせに、抱っこをするとすぐ逃げる。

お腹を見せてゴロゴロいうから撫でてあげると、勢いよく噛みついてくる。

猫なのに水遊びが大好きで、しょっちゅう水皿でぴちゃぴちゃやっては床を水浸しにしてくれる。

苦笑いを何度したことか分からない。

けれど同時に、おれも妻も愛おしさを感じずにはいられなかった。

寝るぞと声を掛けてやると、走ってベッドについてくること。

ソファーで仕事をしていると、身体をくっつけ寝そべること。

家を空けて帰ってくると、必死に鳴き声をあげること。

コハルは我が家の中心だった。

しかし、そんな日々も、もう過去のものになった。

弱りきり、つらそうにしていたコハルの最期を思いだすと、いまも胸が痛んでしまう。水を飲みにいくのも困難で、トイレもずいぶん苦労した。

あっちでも、まだ苦しんでるんじゃないだろうか――。

ときどき、そんな考えにとらわれてしまうこともある。

せめて、ラクになっていてほしい――。

折に触れて、そう願う。

不思議な話を聞いたのは、ある夏の日のことだった。

その日おれは妻と一緒に、コハルの月命日でマタタビ霊園に足を運んでいた。

墓参りをし、管理人さんと立ち話をしているときに、こんなことを聞かれたのだ。

「そういえば、コハルちゃんをお迎えする準備はお済みですか？」

妻と二人で首を傾げていると、その人は言った。

「もうすぐお盆がくるでしょう？　猫も人間とおんなじで、お盆になると家に帰ってきますからね」

「コハルが家に……？」

「ええ、もしお済みでないようでしたら、どうぞこれを」

おれは一本の線香を渡された。

「マタタビを練りこんで作ったもので、あちらとこちらをつなぐ力を持っています。あとは、もし残っていれば、生前好きだったおもちゃなども一緒にご用意いただければ」

怪しい話だ、とは思わなかった。

むしろ、自然にそうしてみようという気持ちになっていた。

おれたちは、管理人さんにお礼を言った。

そしてその線香を大事にしまい、霊園をあとにした。


時間はあっという間に過ぎ去って、やがてそのときがやってきた。

お盆の日の夜、おれは妻に声を掛けた。

「……そろそろ、やろっか」

もらった線香に火をともす。そしてそれをひと振りし、遺影のそばの線香立てにそっと立てた。

白い煙が、ゆらゆらと天に昇る。

特有の香りが、部屋に漂う。

おれたちは、写真に向かって手を合わせる。

拝み終えると、無言のままの時間

を過ごした。

お互いの気持ちは、言わずとも分かっていた。子供のいないおれたちにとって、コハルはずっと実の子のような存在だった。

「……寝る？」

「……うん」

夜が更けると、妻と二人でベッドに入る。

おれたちは、いつしか眠りに落ちていく……。

深夜に目が覚めたのは、何かの物音がしたからだった。

またコハルが悪さでもしてるのかな――。

おれはぼんやりそう思い、直後、深い寂しさに襲われる。

いやいや、コハルはもういないんだから――。

しかし、その物音は変わらずリビングのほうから聞こえてきていた。

おれは何の音だろうかと訝《いぶか》しんだ。隣を見ると妻も異変に気づいて起きたようで、なんだろうねと不安そうに口にした。

「ちょっと見てくる」

「私も行く」

足を忍ばせ、二人でリビングへのドアを開けた。

そのときだった。

突然、何かが床をダダッと駆けるような音がした。

おれと妻が声を出したのは同時だった。

「コハル……？」

おれたちは顔を見合わせた。

それは記憶の中のコハルの足音と一致していた。

「コハル？　いるのか……？」

暗闇からは、何の返事も聞こえてこない。

けれど、おれたちは確信していた。

「なぁ」

「うん」

コハルは間違いなく、そこにいた。

家に帰ってきてくれたのだ――。

おれたちは暗闇のなかを手探りで進み、並んでソファーに腰掛けた。

怖さはなかった。電気をつけようという気にもならなかった。

やがて、部屋の中に鈴入りのボールが転がる音がしはじめた。この日のために出しておいた、コハルの好きなおもちゃだった。

その音を聞いて、おれはなんだか嬉しくなる。

コハルがボールで遊べなくなったのも、もうずいぶん前の話だ。

机の上の本を噛む音が聞こえてきた。ソファーの角で爪を研ぐ音も聞こえてきた。

そのうち、おれは声をあげた。

「やりだしたっ」

聞こえてきたのは、水皿がぴちゃぴちゃいう音だった。しばらくすると、そのまま走り回る音がしはじめる。

「あとで床を拭かないとだなぁ……」

「ぜったい水浸しだね……」

おれは妻と、クスクス笑う。

コハルとの時間は、外が明るみだすまで継続した。

やがて物音もコハルの気配もすっかり消えてしまったころ、おれは言った。

「帰ってったね」

「だね」

「寝よっか」

「うん」

薄明りの中、部屋の中の散らかり具合が目に入る。

それを見て、苦笑しつつもホッとする。

元気でよかった――。

そのとき、妻が口にした。

「うわあ、見てコレ、いつの間に」

「ん？」

振り向くと、妻が呆れ果てた顔をしていた。

「ほら、床だけじゃなくてさ」

その指差す先を見て、おれは思わず笑ってしまう。

「なるほど、むしろ元気はパワーアップしてるわけか……」

いまやコハルは重力さえも振り切って、縦横無尽に駆けることができるらしい。

濡れた足で走り回った形跡は、壁や天井にまでも点々と跡になって残されていた。

13 Neko no Radio

Episode-13

猫のラジオ

Matatabi chou wa Nekobiyori

13 Neko no Radio

ソファーで漫画を読んでいると、何やら人の話し声のような音が聞こえてきた。

おれは周囲を見渡した。が、一人暮らしの部屋には自分の他に愛猫のコタロウの姿しかなく、音の出どころと思しきものは特段見当たらなかった。

首を傾げ、耳を澄ませながら部屋の中をうろついてみた。

と、しばらくして、おれはあることに気がついた。

音は、すやすやと眠っているコタロウのほうから聞こえてきているようだったのだ。

おれはコタロウに近づいて、お腹のあたりに耳を寄せた。すると、たしかに話し声がそこから聞こえてきていたから驚いた。

その後もコタロウからの音は止むことがなく、不安になったおれは、近くの猫の専門医――マタタビ診療所にコタロウを連れていくことにした。

「先生、うちの子が変なんです！」

診察室に呼ばれると、おれはすぐに老齢の先生に切りだした。

「ほら、お腹から音が聞こえるでしょう？　もしかすると、何か音が出る機械でも飲みこんだんじゃないでしょうか⁉」

「まあまあ、まずは落ち着いてください。どれどれ……」

そう言いながら、先生は聴診器をコタロウのお腹のあたりに当てた。そして、「ほぉ」とか「なるほど」などと呟きながら聴診器に聞き入ってから、こんなことを口にした。

「ふむ、これはラジオのせいですね」

「ラジオ⁉」

そんなものをどうやって飲みこんだのかと思いながらも、おれは叫ぶ。

「ということは、手術ですかっ⁉」

慌てるおれに、先生は微笑みながら首を振った。

「そんな必要はありません。放っておけば、そのうち収まりますからね」

「でも、お腹にラジオがあるんでしょう⁉」

「いえいえ、そうではないんです」

先生は穏やかにつづける。

「コタロウくんの中にラジオがあるのではなく、ラジオの電波を受信して、コタロウくんがラジオみたいになっているんですよ」

「受信……？」

「ええ、ときどき起こる現象なんですが」

そして、先生はこんな話をしはじめた。

「猫のヒゲが、とても敏感にできているのはご存知ですよね。障害物を察知して避けるのに役立ったり、獲物の動きを感じ取るのに使われたり。そのヒゲが、ラジオの電波を受信することがありましてねぇ。詳しい仕組みはまだ解明されていないんですが、ヒゲがアンテナ代わりになって、宙を漂う電波をキャッチすることがあるんですよ。

そうして受信した電波はお腹の中で音に変換されて、外に漏《も》れるように聞こえてくる。それが、いま聞こえてきている音の正体です。

一説には、猫自身が自ら進んで電波を受信している、なんて話もありましてね。お腹で変換した音を今度は耳でキャッチして、内容を聞いて楽しんでいるというんです。

一見突飛な話ですが、しかし、猫は賢いですからねぇ。あながち、一笑に付すことはできません。

中には、猫はラジオから人間のことを学んでいるんだという主張もあるくらいで。猫には、人の言葉を理解しているような節があるでしょう？　あれも、元をたどれば自分で受信したラジオから言語を学習しているんじゃないかと言う人たちまでいましてね。

まあ、話は逸《そ》れてしまいましたが、コタロウくんから聞こえているのは我々が聞いているラジオの音と何ら変わりがないわけなので、どうか安心してください。そのうち猫も飽きてくるのか、自然と電波を受信しなくなるのが一般的ですしね。

逆に、せっかくの機会だと思って、コタロウくんとラジオを楽しんでみてはいかがです？」

先生は、そう言って聴診器を渡してくれた。

おれは手にとり、耳に当てる。そして、促されるままにその先っぽをコタロウのお腹に当ててみた。

瞬間、クリアな音が聞こえてきた。

——さあ、お次はこちらの曲をお送りします。

つづいて、巷《ちまた》で流行っている音楽が流れてくる。しばらくするとパーソナリティーと思しき人の声が戻ってきて、音楽番組が流れているのだと理解する。

先生を見ると、「ね？」とでも言いたげに微笑んでいた。

「個体によっては、受信する放送局もコロコロ変わったりするようですよ。どう変わるのかは、コタロウくんのみぞ知るところですね。まあ、楽しんでみてください」

その日から、おれはコタロウを抱っこしたり、横になっているそばに寄ったりし、お腹から聞こえるラジオの音に耳を傾けてみるようになった。

これまでのコタロウならば近寄られると嫌がるのが常だったのだが、どういうわけかラジオならば拒否することなく聞かせてくれた。

音の調子がいいときは、耳をぴったりお腹にくっつけるだけで比較的はっきり音が聞こえた。そうでないときは、通販で買った聴診器をコタロウに当ててクリアな音を楽しんだ。

ある朝などは、寝ているおれの耳元にやってきたコタロウから、慣れ親しんだメロディーが聞こえてきたことがあった。コタロウがラジオ体操の音を受信していたのだ。当のコタロウはメロディーに合わせるように枕元で動き回り、猫なりのラジオ体操に精を出しているよ

うだった。

　別の日には、ジャズ番組が掛かっていたこともあった。空気を裂くようなサックスの音に酔いしれながら、コタロウと一緒にパーカッションのリズムに身体を揺らす。我が飼い猫ながら、なかなかいい趣味をしてるじゃないかと嬉《うれ》しくなる。

　またあるときは、コタロウと一緒に野球中継にじっと耳を傾けた。片方が贔屓《ひいき》のチームなのだろう、得点が入るとコタロウは満足そうに鼻をひくひくさせたりしていた。しかし、贔屓チームのバッターがチャンスで三振したりすると、「ニャアッ！」とヤジを飛ばして床を強くバンと叩いた。投手が序盤に大量失点するときもあり、そうなるとコタロウはいきなりラジオの音を途切れさせ、プイッと機嫌が悪そうにどこかに消えてしまうのだった。

　そんなこんなでコタロウとラジオを聞く毎日を送るうちに、おれはあることに気がついた。ラジオの中で、近頃やたらと猫のおやつのCMを耳にするようになったのだ。しかも、妙なことに、番組自体もいつの間にかいろんな地方のものが入り混じるようになっていた。

　まさかと思い、おれはコタロウが流す番組を注意深く聞いてみた。

　すると、だ。

　思った通り、番組は不自然なタイミングで別のものにしょっちゅう切り替わっていたのである。

あれこれと考えた末に、おれはこんなことを推測するに至っている。

コタロウは、意図的に番組を変えているのではないか。もっと言うと、何らかの手段で全国各地の番組の中から自分に都合のいいものを選び取り、おれに聞かせているのでは……？

特にここ一週間は、新しく発売した猫のおやつのＣＭばかりがおれの耳に入ってくる。

その音が流れるたびに、コタロウはゴロゴロという甘えた声を出しはじめる。

14 Mochineko

Episode-14

モチ猫

Matatabi chou wa Nekobiyori

14 Mochineko

正月が過ぎ去った、ある休みの日。家の近所のマタタビ神社を通り掛かったとき、ぼくはお社の縁側に何やら白いものが置かれているのに気がついた。それはのっぺりした丸いもので、遠目では大きなオモチみたいに見えた。

なんだろうと近づいて、ぼくはあっと声をあげた。よく見ると、その白いものには顔や手足、それに尻尾までもがあったのだ。

猫だ！　猫が寝てる！

でも、そう思うと同時に首を傾げてもいた。猫にしては、あまりにのっぺりし過ぎているように感じたのだ。

そのとき、後ろから声を掛けられた。

「やあ、こんにちは」

振り向くと、神主さんがそこにいた。

「いや、明けましておめでとう、だね」

「あ、おめでとうございます」

ぼくも新年の挨拶を返してから、神主さんに聞いてみた。

「ねぇ、神主さん、あそこで寝てるの、何ですか？」

「ああ、あれはね、モチ猫のモチだよ」

「モチ猫？　モチ？」

「そう、オモチから生まれた猫だから、モチ猫。まあ、私がそう呼んでるだけだけどね」

神主さんは笑いながらつづけた。

「うちの神社で、年末にモチつき大会をやっただろう？　そのときに、余ったオモチで猫の形をつくってみたんだよ。遊び心っていうやつだね。それを倉庫に置いて乾燥させてたんだけど、そのうち中からガサゴソと音が聞こえることに気がついて。なんだろうと覗《のぞ》いてみると、このモチ猫がいたわけなんだ」

「へぇぇ……」

感心するぼくに、神主さんは言った。

「触ってみるかい？」

「えっ！　大丈夫なんですか？」

「もちろんだよ」

「それじゃあ……」

ぼくはモチ猫のそばへと寄っていった。

間近で見るとモチ猫には毛がなくて、すべすべした肌のような身体をしていた。その身体を人差し指で突いてみる。

「うわぁ、ぷにぷにだっ！」

突いてへこんだところは、指を離すとすぐに戻った。

そのとき、モチ猫がふにゃふにゃと口を動かし目を開けた。立ち上がると丸々とした身体を反らしてノビをして、大きなあくびをひとつした。

「モチっ」

そう名前を呼んでみると、低い声でニャアと鳴いた。そして、ぷにぷにの身体を押し付けてきた。

「はは、どうやら受け入れてもらえたみたいだね」

神主さんが笑顔で言った。

「かわいがってあげてくれるかな？」

ぼくは深く頷《うなず》いた。

その日から、ぼくは神社によく遊びに行くようになった。モチ猫はだいたい境内のどこかで眠っていて、少し探すとすぐ見つかった。

「モチ、おいで」

声を掛けると、モチ猫はこちらに気づいてのそのそと歩いてくる。近くに来ると腹這いになって寝そべって、身体がのべっと広がっていく。その様子はオモチそのもので、眺めているだけでなんだか朗《ほが》らかな気分になった。

「エサをあげてみるかい？」

あるとき、神主さんが言った。

ぼくは頷きながらも、でも、と聞いた。

「モチ猫は何を食べるんですか？」

「これだよ」

神主さんは袂《たもと》から小袋を取りだして、ぴっと封を切った。それを見て、声をあげる。

「アラレだっ！」

「そう、いろいろ試してみたんだけどね、これが一番の好物なんだよ」

ぼくはもらったアラレを手に載せて、モチ猫のほうに差しだした。モチ猫はのそのそとやってきて、鼻を近づけくんくんする。そしてカリカリと音を立てて食べだすと、あっという間に平らげて、まだ欲しそうにぺろぺろと手を舐めてきた。

「あんまり食べると太っちゃうよ」

これ以上もらえないことが分かると、モチ猫はぶぅとふてくされて寝転がった。

また別の日、神社を訪れると神主さんはモチ猫を撫《な》でながら何かをしていた。

一瞬、ブラッシングかなと思った。でも、モチ猫には毛がなかったなと思いだす。

「何やってるんですか？」

「ああ、これかい？　手入れをしてあげてるんだよ」

見ると、神主さんの両手は真っ白になっていた。

「放っておくと身体がベタベタしてくるからね。ときどきこうして、片栗粉をつけてあげるんだ」

そういえば、と、ぼくは気がつく。モチ猫を触ったあとは、いつも手に白い粉がつくことに。これまであまり意識したことはなかったけれど、あれは片栗粉だったのかと頭の中でつながった。

「これでよしっ」

神主さんがモチ猫をぺちぺち叩くと、白い粉がふわっと飛んだ。

冬が終わり春も過ぎ去り、やがて夏がやってきた。

ある暑い日のこと。久しぶりに神社に遊びに行ったぼくは、太陽が照りつける岩の上にのっぺり広がって眠っているモチ猫の姿を発見した。

ただでさえ暑いのに、わざわざ暑いところで寝なくても……。

そんなことを思って近づいていくと、ぼくは異変に気がついた。モチ猫の身体がぷっくりと膨《ふく》らんでいるようだったのだ。

「神主さん！　大変だ！　モチがっ！」

ぼくは大慌てで声をあげた。

神主さんが駆けつけたころには、モチ猫の身体はますますぷっくり膨れていた。

「モチっ！」

焦るぼくに、神主さんは笑って言った。

「はは、何かと思ってびっくりしたよ。大丈夫、見てるといいよ」

「えっ⁉　でもっ！」

「大丈夫」

不安な気持ちを抱えたまま、ぼくはモチ猫を見守った。

強い日差しを浴びながら、その身体はどんどん大きくなっていく。やがて風船みたいにパンパンに膨らんだと思った、そのときだった。

ぷしゅっという音がして、モチ猫の身体に穴が開いた。そしてしゅぅぅと萎《しぼ》みだし、みるみるうちに元の大きさへと戻っていった。

モチ猫は、何事もなかったかのような顔であくびをした。

「最初に見たときは、私も焦ったよ。でも、どうも好きでやってるみたいでね」

「いまのは何だったんですか……?」

「オモチは焼けば膨らむだろう？　モチ猫も熱で膨らむらしい」

遊びみたいなものだろうね。神主さんはそう言った。

モチ猫はその奇妙な遊びを夏のあいだじゅうやっていたが、秋がくる頃にはそれも落ち着き、またいつもの日常が戻ってきた。

モチ猫は、あるときは木の枝にのぼって器用に眠っていたりした。時間が経つとその身体はびよんと垂れて、そうなると、しばらくの間は伸びた姿で過ごすハメになっていた。

身体中が波打つようになっていたこともあった。どうしたんだろうと考えていると賽銭箱《さいせん》に白い粉がついているのが目に入り、ここに寝そべっていたのだなと腑《ふ》に落ちる。

モチつき大会の話を神主さんから聞いたのは、そんなある日のことだった。

「今年も早いものだね。もう年の瀬だ。そろそろモチ米を用意しないと」

そのとき、ぼくはいいことを思いついた。

「ねぇ、神主さん！」

声は自然と大きくなる。

「今年もモチ猫をつくろうよ！」

「ええっ？」

「モチに兄弟を作ってあげるんだ！」

ぼくはつづける。

「遊び相手がいたほうが、モチも絶対楽しいでしょ？　お世話なら、ぼくもやります！　お願いします！」

神主さんは、よぉし、と言った。

「分かった。それじゃあ、やろうか」

「やったぁ！」

そうして迎えたモチつき大会の日。ぼくはみんなに混じって臼《うす》と杵《きね》でぺったんぺったんとオモチをついた。できたオモチをお椀によそって、醤油《しょうゆ》やきな粉でおいしく食べる。

すっかり満腹になったあと、ぼくは神主さんと一緒になってオモチをちぎって猫の形をつくってみた。

「これでいいですか……？」

「うん、なかなかいい具合にできたね。去年と同じなら、年明けまでには動きだしてると思うよ」

ぼくは胸を躍らせながら家に帰り、年を越した。

次にマタタビ神社を訪れたのは、正月のことだ。

大勢の人で賑《にぎ》わう中、ぼくは神主さんが出てくるのをじっと待った。そして、ちょうどお昼時を過ぎたころ、現れた神主さんを捕まえた。

「神主さん！　明けましておめでとうございます！」

挨拶もそこそこに、ぼくは身を乗りだした。

「それで、新しいモチ猫は⁉」

「はは、バッチリ誕生したよ。さっきモチと一緒にお社《やしろ》の裏で見かけたけど、さっそく仲良くやってたね」

「見に行ってきます！」

ぼくは走ってそこに向かった。

二匹のモチ猫は、縁側でのっぺりしながら眠っていた。

それを見て、神主さんの言う通りだなと、ぼくは思う。新しいモチ猫は、モチよりも一回り小さいサイズだった。その小さなモチ猫が、モチに負ぶさるようにして腹這いになって寝ていたのだ。

追いついてきた神主さんが口にした。

「ね？　とっても仲がいいだろう？」

それに、とつづける。

「縁起がよくて、神社にとってもありがたい限りだね」

「縁起ですか……？」

どういうことかと思っていると、次の瞬間、神主さんが袂からオレンジ色のものを取りだした。それはミカンで、重なって眠るモチ猫の一番上にポンとのっけた。

「ほらね？」

神主さんは微笑んだ。

「こうすれば、鏡モチ猫の完成だ」

15 Sukima no Neko

Episode-15

スキマの猫

Matatabi chou wa Nekobiyori

15 Sukima no Neko

失恋して落ち込んでいた私に声を掛けてくれたのは、女友達のひとりだった。

「いいクリニックがあるみたいだから、行ってみたらどうかなって」

私は尋ねた。

「心療内科みたいなところ？」

「ううん、それとはちょっと違うみたい。猫と触れ合うとこなんだって」

「猫……？」

それを聞いて、私の頭にアニマルセラピーという言葉が思い浮かぶ。精神的なものを抱える人が、動物に触れ合うことで癒《いや》しを得る治療法だ。

私は、その類《たぐい》のクリニックかと尋ねてみた。けれど、友達は首を振った。

「そういうのとも違ってて。私も知り合いから話を聞いただけだから、あんまり無責任なことは言えないんだけど……」

でも、と友達はつづけた。

「きっといい方向になる気がして」

私はひとり考える。

この気持ちの落ち込みは、きっと時間が解決してくれるものなんだろう。けれど、少なくとも今はまだ、どうしても喪失感に蝕《むしば》まれてどんどん落ち込んでいってしまう自分がいる……。


「ありがと。それじゃあ、行ってみようかな……」

私はそう言い、友達にクリニックの場所と名前を教えてもらったのだった。


数日後、私はマタタビクリニックと書かれた建物の前に立っていた。

扉をくぐり、受付の人に声を掛ける。

しばらくすると名前が呼ばれ、私は部屋に通された。

驚いたのは、そこに足を踏み入れてからだ。

友達から、猫と触れ合うとは聞いていた。

が、その広い空間にはキャットタワーが置かれていたり、猫のおもちゃが転がっていたりして、思いのほかたくさんの猫がいたのだった。

「どうぞ、どこでもお掛けになってください」

白衣を着た女医さんが現れて、私に言った。

あたりには、キューブのような椅子がいくつかあった。

私がそのひとつに腰掛けると、先生も腰を下ろして口を開いた。

「猫はお好きですか？」

もうカウンセリングがはじまったのかな……。

そんなことを思いながら、私は頷《うなず》く。

「とても好きです。実家でも、むかし飼っていたことがあったので……」

「そうでしたか」

先生は優しく微笑んだ。

「どんな種類の猫を飼われていたんですか？」

「えっと……」

促され、私は猫の話をしはじめる。

先生は相槌《あいづち》を打ちながら、それに耳を傾けてくれる。

「その猫ちゃんのお名前は？」

「どういったきっかけで飼うように？」

「どんな性格だったんですか？」

先生から聞かれるたびに、私は思いだしながら答えていく。

その間にも、部屋の猫たちは私のほうに代わる代わるやってきては、触れることなく離れていく。


こちらの話を聞き終えると、今度は先生が自分の話をしはじめた。

「じつは、うちも猫を飼っているんですが――」

私は次第に不安になってきた。

いつになったら本題に入るのだろう……。

まだクリニックに来た理由さえ話してないのに、本当に大丈夫なのか……。

と、そのときだった。

一匹の猫が私のそばに寄ってきて、ひょいと膝《ひざ》の上に乗っかった。

すると、先生は自分の話を途中で切り上げ、こんなことを口にした。

「なるほど、カリンがうってつけのようですね」

「カリン？」

「その子の名前です」

「はあ……」

カリンと呼ばれたその猫は、私の膝の上でグルグルと甘えた声を出しはじめた。

私はこの子に気に入ってもらえたということか……？

だとしても、治療とどんな関係が……？

そんなことを思っていた、次の瞬間のことだった。

カリンが私の胸のあたりに両手をついた。

目を疑ったのは、その直後だ。

あろうことか、カリンの手が、服の上から私の身体にすぅっと入っていったのだ。

それだけではなかった。手をきっかけに顔や胴体、足や尻尾までも私の中へと消えていき、とうとうカリンの姿はどこにも見えなくなってしまった。

「せ、先生！」

私は慌てて助けを求めた。

「消えました！　カリンちゃんが！　私の中に！」

しかし、先生は穏やかな笑みを崩さなかった。

「ご安心ください、大丈夫ですよ。それより、いかがですか？　胸のあたりは」

「えっ？」

「カリンが入っていったあたりです」

そう言われ、初めて意識がそちらに向いた。

遅れて私は、胸の内側がなんだかぽかぽかしていることに気がついた。

「あったかい……」

私は自然とそこに手を当てていた。

まるで生き物の――そう、まさにカリンのようなふさふさの毛をした猫の体温を、身体の内側でじかに感じているような感覚だった。

そう考えて、ハッとする。

カリンが身体に入っていった、さっきの光景。

いままさに、自分の中にカリンがいるということなのか……？

「よかったです。それでは、隣の部屋にご案内しますね」

先生は急に立ち上がって歩きはじめた。

「ま、待ってください！」

私も慌てて腰を上げ、先生につづいてその広い部屋をあとにした。

次に通された個室で椅子に座ると、私はすぐに先生に尋ねた。

「あの、先生、これは何がどうなって……」

「ご説明しましょう」

先生は微笑みながら口にした。

「カリンがスキマに入ったんです」

「スキマ……？」

「ええ、猫はもともとスキマを好む生き物ですが、当院にいる猫たちもその例外ではありません。ただし、ここの猫たちが入ることのできるのは、ただのスキマではないんです。心のスキマに入ってしまえる力を持っていましてね」

そう言って、先生は語りはじめる。

「通常は、人の心にスキマというのはありません。何もなければ、基本的には満たされた状態にあるわけですね。ですが、大事な何かを失ったり、大切な人との別れを経験したりすると、心には文字通りのスキマができてしまうんです。

多くの場合、それは自然に治っていくものですが、中には治るまでに時間がかかって耐えられなくなってしまったり、ひどい場合はスキマが広がってさらに大きくなることもあります。そういった方々を猫の力を借りながらサポートさせていただくのが、当院の方針なんです」

ただ、と先生はつづける。

「猫にもスキマとの相性というのがあって、どの方のどんなスキマでもいいわけではありません。その相性を見るために必要なのが、先ほど猫と過ごしていただいた時間だったというわけです。

このあとは、しばらくするとカリンのほうから外に出てきてくれますので、それまでは一緒に過ごしてくださいね。その頃には心はずいぶん満たされていることでしょう。今日のところはそれで治療は終わりですが、一度は満たされたスキマも、最初のうちは時間とともにまた広がりはじめてしまいます。ですから、完全によくなるまでは何度か通っていただければと思います」

私は胸のあたりにたしかな温かみを感じつつ、先生に聞いた。

「……私の心にスキマができた理由は、お尋ねにならないんですか？」

「もちろん、必要があれば、そうさせていただくこともあります。猫も万能ではありませんので、どの子とも相性が合わなかったり、スキマが大きくなりすぎて猫の手には負えなくなっている場合には、別の治療法を模索します。ただ、今のところは特に伺《うかが》う必要はないでしょう。それに肝心のカリンは、すでにどういう経緯でスキマが生まれてしまったのか、きちんと感じ取っていることでしょうから」

微笑む先生に、私はそういうものかもしれないな、と妙に納得してしまう。猫には不思議な勘があって、そっけなく振る舞っているようでいて、大事な部分はきちんと押さえてくるところがある——。

そして私は、この短い時間でカリンに対する愛情が生まれはじめていることにも気がついた。もともと猫が好きなことも当然あった。けれど、それ以上に、心に直接寄り添ってもらっているという事実も親近感をもたらしていた。

やがて三十分ほどが経ったころ、私は胸のあたりでモゾモゾと何かが動く気配を感じた。

その直後、カリンが私の胸から飛びだしてきて、膝の上に乗っかった。

と、カリンにお礼を言って撫《な》でてあげたその矢先、私はあることに気づいて首を傾げた。

「あれ？　何かついてる……」

カリンの身体に、灰色の粉っぽいものがついていたのだった。

「それはホコリですね」

「ホコリ⁉」

「落ちこんでしまっている間に、スキマに溜まったのでしょう」

軽くショックを受ける私に、先生は大丈夫だと励ましてくれた。

「通ううちに、それもちゃんときれいになっていきますからね」

そうして私は先生とカリンに別れを告げて、クリニックをあとにした。

その日以来、私はカリンのおかげで久しぶりに心が満たされ、前向きな時間を過ごすことができた。

けれど、一週間ほどが経ったころからだんだん以前のような喪失感を覚えはじめ、私は再びマタタビクリニックを訪れた。

今度は初回のように広い部屋に通されることなく、初めから個室に案内された。しばらくそこで待っていると、先生がカリンを抱いて現れた。

「カリン、おいでっ」

そのカリンが心のスキマに入ってくれている間、私は先生と雑談をして時間を過ごした。

それは何気ない日常のことであったり、プライベートなことであったり。失恋のことも、いつしか自然と先生に聞いてもらっていて、それも心を満たす後押しになってくれた。

雑談の中で、私は尋ねた。

「ここには、どんな方がいらっしゃるんですか？」

もちろん言える範囲でですけれど、と付け加える。

「様々ですが、やはり何かを失ってしまわれた方が多いですね。ホームシックにかかった方も、よくいらっしゃいます。あとは、何かを成し遂げたような方なども」

「成し遂げた？　スキマとは無縁そうですけど……」

「それが、そうでもないんです。何かを達成してしまうと、人は急に虚しくなったりするんですよ」

「そういうものなんですねぇ……」

猫たちは、いろんな人を助けてあげてるんだなぁ。

私は感心するとともに、猫たちへの敬意も抱いた。

先生との会話が途切れると、カリンの気配に意識を向けてみたりもした。そうしていると、自分の鼓動がカリンの鼓動と重なっているような感覚になり、いっそう温かな気分になった。

やがてカリンが出てくると、心はずいぶん満たされていた。

また前を向いてやっていこう。

そういう気持ちになりながら、帰路についた。

通院するたびに、私は少しずつよくなっていった。失恋を思いだして落ち込みはじめるまでの間隔も、次第に長くなっていった。

でも、それにつれて、私の中では別の思いが芽生えていた。

治ってしまえば、カリンとはお別れなんだ――。

そう思うと、なんだか寂しい気持ちになった。気がつけば、いつもカリンのことを考えてしまっている自分もいた。

そして私は、あるとき先生に切りだした。

「……あの、カリンを引き取らせていただくことはできないでしょうか」

私はつづける。

「無理を言っていることは、重々承

知しているんですが……」

しかし、自分にとって、カリンがどれほど大切な存在になっているか。一時的で、いい加減な感情では決してない。自分はカリンと一緒に暮らしたいと本気で考えている――。

「……分かりました」

私の言葉を聞き終えると、先生は言った。

「そういうことでしたら、ぜひ、カリンを連れていってあげてください」

「えっ？」

自分で切りだしておいて、私は耳を疑った。

「いいんですか……？」

「お気持ちに偽りがないことは、これまでのやり取りで十分に伝わっていますよ。それに……」

先生は一拍置いて、おもむろに話しだした。

「じつは、ここにいる猫たちは、保護猫なんです」

初めて聞く話に、虚を突かれた。

先生の言葉に、私は黙って耳を傾ける。

「ここの猫たちが、どうして人の心のスキマに入りこめるようになったのか……それは、一度は人に見捨てられて、誰からも求められない中で、それでもなんとか居場所を探そうとしてきたからなんです。寂しさゆえに人の中にスキマを見出せるようになり、そこに入りこめるようになったんです」

このクリニックは、人の心を癒す場所であると同時に、猫を癒してあげる場所でもある——。

先生はそう言い、私の目をじっと見つめた。

「カリンを大事にしてあげてください」

私は躊躇《ためら》うことなく返事をした。

「はいっ！　もちろんです！」

私の言葉に、先生は頷く。

「お願いします。そうして今度は反対に」

先生は優しく微笑んだ。

「カリンの心の中のスキマを、どうかたくさんの愛で満たしてあげてくださいね」

手打ち
うどん
マタタビ 郵便局
マタタビ座
チケット売場

ダンスホール
MATATABI SHOPPING STREET
マタタビ商店街
又旅書店
フラワーマタタビ
花
うお一
マタタビ

❖…著者プロフィール

田丸雅智（たまる・まさとも）

1987年、愛媛県生まれ。東京大学工学部、同大学院工学系研究科卒。

2011年、『物語のルミナリエ』に「桜」が掲載され作家デビュー。12年、樹立社ショートショートコンテストで「海酒」が最優秀賞受賞。「海酒」は、ピース・又吉直樹氏主演により短編映画化され、カンヌ国際映画祭などで上映された。15年からは自らが発起人となり立ちあがった「ショートショート大賞」において審査員長を務め、また、全国各地でショートショートの書き方講座を開催するなど、現代ショートショートの旗手として幅広く活動している。17年には400字作品の投稿サイト「ショートショートガーデン」を立ち上げ、さらなる普及に努めている。著書に『海色の壜』『おとぎカンパニー』など多数。

田丸雅智 公式サイト：http://masatomotamaru.com/

【初出一覧】

〈『猫びより』掲載〉

「猫ポリス」（2019年1月号）
「大将のうどん」（2019年3月号）
「猫のラジオ」（2019年5月号）

〈書き下ろし〉


「オシャレな爪」

「猫の局員」

「被る」

「ネコジング」

「目覚まし猫」

「猫のシアター」

「町なかのアート」

「バグを追って」

「マエストロ」

「夏の日の猫」

「モチ猫」

「スキマの猫」

企画・進行 … 廣瀬和二　湯浅勝也　高橋栄造　永沢真琴
販売部担当 … 杉野友昭　西牧孝　木村俊介
販売部 … 辻野純一　薗田幸浩　亀井紀久正　平田俊也　鈴木将仁
営業部 … 平島実　荒牧義人
広報宣伝室 … 遠藤あけ美　高野実加
メディア・プロモーション … 保坂陽介
FAX：03-5360-8052　Mail:info@TG-NET.co.jp

マタタビ町は猫びより

2019年6月15日　初版第1刷発行

著　者　田丸雅智
発行者　廣瀬和二
発行所　辰巳出版株式会社
〒160-0022
東京都新宿区新宿2丁目15番14号　辰巳ビル
TEL　03-5360-8960（編集部）
TEL　03-5360-8064（販売部）
FAX　03-5360-8951（販売部）
URL　http://www.TG-NET.co.jp

印刷・製本　大日本印刷株式会社

ISBN978-4-7778-2264-5　C0093